Tiny Peter

Winziger Wutz –
Ein Mädchen zieht vom Leder

Bibliografische Information der Deutschen Nationalbibliothek: Die Deutsche Nationalbibliothek verzeichnet diese Publikation in der Deutschen Nationalbibliografie; detaillierte bibliografische Daten sind im Internet über www.dnb.de abrufbar.

© 2013 Tiny Peter

Herstellung und Verlag:
BoD – Books on Demand, Norderstedt

ISBN: 978-3-7322-9264-6

Für Julchen,
denn du hättest auf diesen Seiten mitspielen sollen.

1 Aufwärmphase

Wie ein Rudel schlafender Hundewelpen lagen sie da. Kreuz und quer, einer über dem anderen. Kein Mucks, keine Regung – sie warteten. Die meisten von ihnen trugen noch Spuren des Kampfes auf ihrer Haut. Braune Erdkrümel verstopften wie bei einer Teenagerin, die zu viel Schminke aufgetragen hatte, ihre klitzekleinen Poren, und grüne Striemen zierten ihre Häupter.

Einer von ihnen kauerte etwas abseits des Knäuels, schlaff wie Omas Pobacken, auf den kalten Fliesen und schien immer weiter in sich zusammenzufallen. Ganz oben auf dem Haufen thronte indes ein absolutes, mit schwarz-weißem Muster verziertes Prachtexemplar. Wie eine Jungfrau saß er da: prall, auf Hochglanz poliert, völlig unbefleckt und mit großer Vorfreude auf die aller erste »Streicheleinheit«.

Der warmherzige Geruch von rissigem Leder, frisch gemähtem Rasen und einem Spritzer Schweißperlen strömte durch den Geräteraum direkt in meine schnoddrigen Nasenlöcher, als ich – gerade einmal groß genug, um die Drehstangen beim Kickern nicht ständig gegen die Stirn gepfeffert zu bekommen, samt Turnbeutel und völlig unsinnigem blondem Zöpfchen neben meiner linken Schläfe – die angrenzende Umkleidekabine betrat. Durch einen schmalen Spalt erhaschte ich einen Blick auf die »dösenden« Fußbälle, und meine Zehen zappelten plötzlich wie Kaulquappen-Schwänzchen.

Ich setzte mich fix auf einen Platz direkt neben dem Eingang und zurrte mit aller Kraft die fusseligen Klettverschlüsse meiner Turnschuhe fest. Richtige Fußballtreter hatte ich zu meiner ersten Trainingseinheit noch nicht parat, dafür aber die ranzigen, grauen Schienbeinschoner meines großen Bruders, die neben meinen Unterschenkeln zusätzlich meine Kniescheiben bedeckten – eine Art sportive Strapse für die kleine Lady könnte man sagen. Stutzen um die urigen Lustkiller zu verstecken? Fehlanzeige! Zum Glück legte ich mit fünf Jahren ohnehin keinen großen Wert darauf, wie ich während meiner ersten Gehversuche mit Ball aussah. Hauptsache, ich durfte endlich mitspielen.

Ich sehnte mich danach, mein Image des putzigen Mannschaftsmaskottchens abzustreifen und selbst Fuß anzulegen. Ich hatte es satt, während der Spiele meines großen Bruders nur als niedliches Beiwerk am Spielfeldrand zu stehen, an dem vorpubertäre Mädchen ihre ersten Mutterinstinkte auslebten. Dieses ständige Haare-Flechten und Backenkneifen machte mich noch verrückt.

In mir schlummerte schon immer mehr eine kratzbürstige Wadenbeißerin als eine adrette Pferdenärrin. So schleuderte ich, sobald meine Bizeps ausgeprägt genug waren, Puppen reflexartig aus meiner Wiege, Barbies verpasste ich mit der Bastelschere eine fesche Meckifrisur, und meine Fisher-Price-Küche verwendete ich lediglich zur Aufbewahrung meiner mit goldig schaumigem Inhalt gefüllten Fläschchen. Natürlich handelte es sich dabei bloß um vitaminreichen Apfelsaft in der Nuckelpulle.

Dieses burschikose Verhalten führe ich darauf zurück, dass ich bereits als Fötus, als ich im warmen Bauch meiner Mutter noch eine ruhige Nummer schob, mit dem »Klang des Fußballs« stimuliert wurde. Denn unser Haus stand im wahrsten Sinne des Wortes nur einen satten Abstoß vom dörflichen Sportplatz entfernt auf der Kuppe eines ehemaligen Steinbruchs, sodass meine Mama – ob auf dem stillen Örtchen oder in der Hängematte – im Hintergrund ständig das harmonische Zusammenspiel von zischenden Flachpässen, die über die scharfe Klinge der Grasnarbe tanzten, hart aufprallendem Leder, das auf unfügsames Aluminium klatschte, und wummernden, sich durch die Atmosphäre boxenden Flugbälle vernahm.

Somit hielt mein persönlicher Mutterkuchen neben überlebenswichtigen Nährstoffhäppchen zusätzlich einen besonders »fußballisierenden« Geräusche-Cocktail bereit, der wohlmöglich meinen Hormonhaushalt bereits in der Gebärmutter gehörig durcheinander gebracht hatte.

Neben den von mir zuvor erläuterten Nebenwirkungen auf mein Benehmen, wirkte sich dieser embryonale Rausch mit Sicherheit zusätzlich auf meine inneren Organe aus. So nehme ich an, dass meine Eierstöcke nicht etwa stinknormale Eizellen, sondern klitzekleine Fußbällchen produzieren und deswegen sogar mein Erbgut vom runden Leder infiziert ist.

Die mentalen und physiologischen Voraussetzungen für eine Karriere als angehende Ballvirtuosin besaß ich also durchaus. Mein Spielverständnis und Ballgefühl ließen hingegen noch gehörig zu wünschen übrig. Wahrscheinlich hätte ich meinem großen Bruder, der sich in fußballerischen Belangen kaum als geeignetes Vorbild herausstellte, nicht so lange nacheifern sollen. Doch woher, bitte schön, sollte ich

Knirps wissen, dass unerbittliches Zweikampfverhalten nicht darin besteht, mit seinem Gegenspieler gemeinsam Gänseblümchen im Strafraum zu sammeln?

Außerdem schienen meine Eltern stets begeistert, wenn Felix ihnen nach dem Schlusspfiff stolz ein buntes Sträußchen überreichte. Dass ihr Lächeln eher gequälter Natur war, konnte ich als Kleinkind ja nicht ahnen, oder? Wie dem auch sei, irgendwann stellte ich von allein fest, dass ein Fußballer lieber Flanken aus der Luft als krautige Pflanzen aus dem Boden pflücken sollte und begann nun, die Grundprinzipien des Spiels allmählich zu begreifen:

1. Hände weg: Ob blühendes Gestrüpp, Grashalme oder gegnerische Spackelbeinchen – zur Entwurzlung darf lediglich die altbewährte Beinschere verwendet werden.

2. Die sogenannte Rudelbildung in der Pampersliga ist darauf zurückzuführen, dass Rundes anfangs anscheinend bei Kindern in irgendeiner Art und Weise immer einen Saugreflex hervorruft. So wie Säuglinge automatisch ihre Lippen spitzen, wenn sie an Mutters Brust andocken, scheinen Kinderfüße nach der ersten Ballberührung ebenfalls instinktiv Hunger auf mehr zu haben und wetzen dem Leder unbewusst hinterher. Das legt sich normalerweise aber mit dem Alter.

3. Werfe die Erkenntnisse, die du dir beim Puzzeln mit geometrischen Formen in der Vorschule hart erarbeitet hast, auf dem Fußballplatz schleunigst über Bord. Hier passt das Runde nur ins Eckige, nicht das Runde ins Runde. Unser kugelbäuchiger Bankdrücker Mirko knapst immer noch an den Folgen eines Schusses in seine Magenkuhle. Erst im

fortgeschrittenen Alter, wenn Trainer Spielformationen als »Raute« bezeichnen und dein Team »magische Dreiecke« bilden soll, sind Grundkenntnisse in Mathematik und ihren Teilgebieten von Vorteil.

4. Das ideale versteckte Foul bei Kleinkinder-Gekicke besteht darin, auf den offenen Schnürsenkel seines Gegenspielers zu treten – und offene Schnürsenkel kommen so gut wie bei jeder Abwehrkette vor.

5. Um nicht selbst dieser raffinierten Unsportlichkeit zum Opfer zu fallen, ist das Abspielen ein guter Schachzug. So besteht genug Zeit, sorgfältig eine neue Schleife zu binden oder sie gegebenenfalls binden zu lassen.

Ihr seht, ich hatte das Spiel schnell durchschaut. Jetzt musste mir nur noch jemand das Feingefühl in die Füße implantieren und meine Augen für den perfekt getimten Pass in die Tiefe schärfen. Zum Glück bekam ich in meinen Anfangsjahren einen Trainer der Kategorie »cholerische Hebamme« an meine Seite, der mich auf diese schwere Geburt akribisch vorbereitete.

Achim, Mitte dreißig, verheiratet, zwei Kinder und zwei Bierbrüste, verstand das Fußballspielen in erster Linie als Geburtsakt, also als einen natürlichen Vorgang, der zunächst keines Eingreifens bedurfte. Denn seines Erachtens war die wichtigste Waffe eines Fußballers sein kindlicher Spieltrieb. Er sah sich als eine Art emotionale Unterstützung, die – ganz gleich wie sehr die Nachwehen der ersten Halbzeit, sprich die frühen Gegentore in den Anfangsminuten, schmerzten – stets Zuversicht zu vermitteln wusste.

Seine Kabinenansprachen wirkten dabei wie bei einer Schwangeren das Hormon Oxytocin. So setzten seine salbungsvollen Worte in mir nicht nur ungeahnte physische Kräfte frei, sondern verstärkten obendrein meine emotionale Bindung zum Ball, sodass ich irgendwann regelrechte Muttergefühle für die runde Kugel empfand.

Aber wehe, wir ignorierten seine Instruktionen: Dann verwandelte sich Achim selbst zu einer Gebärenden, deren Adrenalinspiegel überzulaufen drohte, und ging wie ein brodelnder Schnellkochtopf, der gehörig Dampf ablassen musste, an der Seitenlinie in die Offensive. Kein Wunder, dass sich in seinem stoppeligen Philtrum zwischen Nase und Oberlippe permanent Schwitzwasser wie Niederschlag in einer Regenrinne ansammelte.

Unsern Co-Trainer Kalle brachte hingegen selten etwas aus der Ruhe. Ich kann mich nicht erinnern, ihn ein einziges Mal brüllen gehört zu haben; aber das gehörte ja auch zu Achims Aufgaben. Kalle trat als nachdenklicher Stratege im Hintergrund in Erscheinung, der nie die Nerven verlor.

Allein wenn er am Rand begann, seine Backen aufzuplustern und beim Luftablassen seine welligen, hobelspäneartigen Bartenden in der Luft wackeln ließ, merkten wir, dass in seinem Inneren die Unzufriedenheit Lambada tanzte.

Wie bei seiner Arbeit als Tischler ging er an der Taktiktafel bis ins kleinste Detail und schnitzte aus unseren unbehandelten Holzklotzfüßen in wenigen Jahren passgenaue Waffen. Na ja, manch einer meiner Mannschaftskameraden wusste allerdings nicht, wie er den Abzug richtig betätigte.

Als Trainergespann ergänzten sich Achim und Kalle demnach ideal. Der eine war fürs Grobe, der andere für das Feine zuständig. Ähnlich wie in den früheren Hollywood-Detektivserien der 80er-Jahre, wenn Polizisten das bewährte »good cop, bad cop«-Spielchen trieben.

»RAAAAUUUUUUUUUUUUS mit euch, aber zackig«, hallte es plötzlich durch meinen Gehörgang. Voller Schreck rammte ich mir einen Splitter in eine meiner an der Umkleidebank festgekrallten Fingerkuppen und sah mit schmerzverzerrtem Gesicht zu, wie meine zukünftigen Mannschaftskollegen an mir vorbeirauschten, um sich im Geräteraum um die »Jungfrau« zu balgen. So oder so ähnlich musste es in einer Nacktbar zugehen, wenn eine Horde lüsterner Burschen versuchte, das vollbusigste Weib in die Finger zu kriegen.

Steven entpuppte sich als besonders durchsetzungsfähig, krallte sich die Schönheit und flitzte mit neandertalerischem Gegröle auf den Trainingsplatz – und alle anderen mit ihrem Ball hinterher. Auf mich wartete im Netz nur noch die schlaffe Rentner-Pobacke als Spielpartner für meine erste Übungseinheit.

Je länger ich mir das platte Geschöpf ansah, desto mehr Geschichten glaubte ich in seiner abblätternden Außenmembran lesen zu können. Er hieß »ROMA« – zumindest war es so in großen gelb-grünen Druckbuchstaben auf sein Leder tätowiert. Anscheinend hatte er schon eine Menge Spiele auf dem Buckel, in denen er nicht nur mit Feingefühl behandelt worden war, sondern auch eine Vielzahl an brachialen Tritten und ungenierten Stichen mit der Pike hatte einstecken müssen.

Er sah indes nicht so aus, als hätte er es satt. Er wirkte vielmehr zufrieden, wie ein entspannter Müßiggänger im Schaukelstuhl, regelrecht stolz auf seine wie Orangenhaut eingedellte Epidermis. »ROMA« hatte tatsächlich etwas von einer »ewigen Stadt«, die unzerstörbar schien. Für mich war er der schönste Ball von allen, denn dieser hier hatte was zu erzählen.

Vorsichtig hob ich ihn hoch und streichelte beim Hinauslaufen sanft über seine verdreckte Stirn. Dass ihn auf seine alten Tage noch einmal ein Mädchen berührte, hätte er sich nicht im Traum vorstellen können.

2 Debütantinnen-Ball

Ich schätze, meine verkrusteten Kniescheiben und schnoddrigen Nasenlöcher wirkten auf fünfjährige Buben wie üppige Dekolletés und lange, glatt rasierte Beine auf erwachsene Männer. Auf jeden Fall schien ich den Jungs in der F-Jugend meines Dorfvereins auf Anhieb zu gefallen. Sie akzeptierten mich sofort als ein neues Teammitglied, und niemand quengelte rum, dass er mit einem Mädchen zusammen spielen musste. Das war sicherlich keine Selbstverständlichkeit, schließlich fanden die meisten Jungs in diesem Alter das weibliche Geschlecht meist abstoßender als Spinat.

Doch wenn man so wie ich die hohe Kunst der »molekularen Mimikry« beherrschte, eine Täuschungstaktik, die normalerweise Krankheitserreger anwenden, um ungehindert in einen menschlichen Organismus zu gelangen, dann warfen dir selbst die chauvinistischsten Raufbolde eine Menge Sympathien entgegen. Denn ähnlich wie Viren oder Bakterien durch ihre Oberflächenstruktur dem Menschen vorgaukeln, körpereigenes Gewebe zu sein, manipulierte auch ich die Knappschaft mit meinem jungenhaften Habitus.

Dabei hielt ich meine weibliche Identität nicht geheim; ich ließ sie nur nicht raushängen. Natürlich wusste jeder, dass ich über ein Doppel-X-Chromosom verfügte. Durch mein raufbolderisches Auftreten schauten die Jungs über diesen kleinen aber feinen Geschlechterunterschied allerdings schnell hinweg.

Tja, einen guten Draht zu Hodenträgern besaß ich offensichtlich. Leider hieß das noch lange nicht, dass sich auch das schwarz-weiße Ei von mir so ohne weiteres um den Finger wickeln ließ. Ganz im Gegenteil. So verhielten sich meine Füße und der Ball anfangs eher wie zwei gleichnamige Pole, die sich buchstäblich abstießen. Inbrünstig widersetzte sich das störrische Leder in den ersten Trainingseinheiten meinen Zähmungsversuchen und hüpfte ständig – ganz gleich wie behutsam ich es mit meinen Samtfüßen behandelte – wie eine wild gewordene Flipperkugel in sämtliche Himmelsrichtungen.

Achims Leitsatz, »bei jedem Schritt den Ball berühren«, ging mir nach wenigen Tagen bereits gehörig auf den Venushügel. Wie sollte ich denn das Objekt meiner Begierde kontinuierlich antippen, wenn dieses ständig schneller Reißaus nahm als Lothar Matthäus' Ehefrauen? Doch während sich Deutschlands Rekordnationalspieler selbst heute nicht in der Lage zeigt, das weibliche Geschlecht längerfristig zu binden, kriegte ich schnell den Dreh raus, wie ich das runde Ding erfolgreich an die Leine nahm.

Ich machte mich nach einer Weile gar nicht schlecht, sodass ich sogar bald bei den Punktspielen mitwirkte. Ich spielte Linksdraußen – ja LinksDRAUSSEN – nicht Linksaußen. Meine Aufgabe? Ich stand händchenhaltend mit Achim neben dem linken Pfosten im Toraus und beobachtete das Spiel von hinten heraus. Natürlich zeigte ich mich anfangs von meiner Reserverolle wenig begeistert. Zeitweise fühlte ich mich wieder wie der unnütze Glücksbringer meines großen Bruders: Statt meine Gegenspieler durfte ich lediglich meine imaginäre Windel an der Seitenlinie nass machen.

Um es noch drastischer auszudrücken: Der »Baby-Strich« hatte mich wieder. Dieses Mal ließ ich mich allerdings nicht so ohne Weiteres von Zweitklässlerinnen begrabschen, sondern saugte stattdessen alle Anweisungen und Scharfsinnigkeiten, die Achim meist ziemlich cholerisch von sich gab, so zuverlässig auf wie eine Pampers austretende Flüssigkeiten. Ich lernte das Spiel zu beobachten, und obendrein tätowierte mir Achim mit seiner nadelspitzen Klangfarbe das wichtigste Credo »Fußball ist kein Nonnenhockey« bei jeder Gelegenheit in meine Gehörmuschel.

An einem schwülen Spätsommermorgen 1991 war es endlich soweit: Ich verlor meine fußballerische Jungfräulichkeit. Wir führten gegen die Pfeifen aus dem Nachbarort bereits 4:0, und die zweite Halbzeit lief gerade einmal drei Minuten. Achim drückte meine aufgrund der Hitze aufgedunsenen Finger in seine schwitzenden Handinnenflächen, beugte sich zu mir hinunter und wisperte mir ins Ohr: »Mach dich bereit, Kleine!« Dabei intensivierte er seinen Griff, als wolle er mich insgeheim gar nicht gehen lassen.

Sobald der Ball ins Aus flog entglitt ich ihm wie ein Stück Seife, klatschte Steven ab, der für mich die Segel streichen musste, und flitzte mit nähmaschinenartigen Schritten in den gegnerischen Strafraum. Meine kleinen Füße zwangen mich, jeden Grashalm regelrecht wie eine Hürde zu überspringen. Ich hüpfte direkt in den Sechzehner, um beim Eckball gleich meine Qualitäten als blutrünstiges Kopfballungeheuer unter Beweis zu stellen.

In der Gefahrenzone angekommen, krempelte ich mir energisch meine viel zu langen Trikotärmel hoch und suchte im Abwehrbollwerk akribisch nach offenen Schnürsenkeln. Ich wartete auf die Hereingabe, doch wie so häufig in der F-Jugend, verhungerte die Flanke vor dem ersten Pfosten. Der gegnerische Abwehrchef, dessen Statur mich an die klobigen Spielfiguren aus dem Gameboy-Klassiker »World Cup« erinnerte, säbelte mit seinen Gerd-Müller-Gedächtnis-Oberschenkeln am Ball vorbei, sodass das Spielgerät unverhofft direkt vor meinen Füßen landete.

Ich setzte zum Schuss an und ... wurde flachgelegt. Ein Trampel von Verteidiger pfefferte mir den Ball beim Klärungsversuch direkt gegen meinen Trigeminus-Nerv. Ich ging sofort k. o., und Tränen kullerten, wie es einst Walt Whitman in seinem Gedichtband *Grashalme* feinsinnig bezeichnete, in »des lieben Gottes Taschentuch«.

Das Nächste, an das ich mich erinnerte, waren Achims verschwitzte Bierbrüste, die gegen meine verheulten Augäpfel drückten, als er mich vom Feld schleppte. Es dauerte ein Weilchen, bis ich nicht mehr wie der schielende Kevin aus dem Kinderhort schaute und meinen »Debütantinnenball« verdaut hatte.

Die Rötung in meinem Gesicht wich peu à peu meinen unzähligen Sommersprossen, die sich um meine Nase so dicht aneinanderdrängten wie die Sterne der Milchstraße am Firmament. Sobald sich mein kakaomilchiger Pigmenthaufen regeneriert hatte, ging es mit mir wieder bergauf. Ich wollte schleunigst zurück auf das Spielfeld, um meinem Peiniger die Leviten zu lesen. Doch der Schiedsrichter prustete just in diesem Moment in seine Trillerpfeife.

Meine lang ersehnte Premiere ging sichtlich in die Hose. Da halfen auch die Schulterklopfer und Lobeshymnen meines Trainergespanns wenig, das meine waghalsige Einlage zur Unterbindung des gegnerischen Konterspiels huldigte. Erst mit ein wenig Abstand erkannte ich, dass ich durchaus eine erfolgreiche Uraufführung auf die Beine gestellt hatte. Schließlich kann nicht jeder behaupten, gleich nach seinem ersten Einsatz wie ein gefallener Held vom Platz getragen worden zu sein.

3 Das Alphamännchen mit Vagina

Ganz ehrlich, keine Ahnung was mich ritt. Aber jeder hat in seiner Jugend einmal gesündigt, oder? Manch einer ließ einen Lutscher beim Dorfkiosk, ohne mit der Wimper zu zucken, in seine Hosentasche wandern. Ein anderer bekam ganz unverhofft die Pornosammlung seines großen Bruders in die Hände – und ich, tja ich wollte mich plötzlich zwischen die Pfosten stellen. Wie gesagt, keine Ahnung, wer mir diese Flausen in den Kopf setzte. Gut möglich, dass mein »Premieren-Kopfballtrauma« doch zurückbleibende Schäden hinterlassen hatte. Anders konnte ich mir dieses Hirngespinst nicht erklären.

Als Mädchen disqualifizierte ich mich schon vom Wortgebrauch her für den Job als »letzter Mann«. Meine zarten Händchen umschlossen nicht einmal einen Apfel. Pippi Langstrumpfs Socken waren größer als ich, und langes »Stehenbleiben« in brenzligen 1-gegen-1-Situationen konnte ich als weibliche Person nun wirklich nicht garantieren.

Dafür schlummerte aber zumindest der gewisse Wahnsinn in mir, den Torhüter in sich tragen sollten. Ich liebte es, wenn der Schlamm an meinen Knien wie eine zweite Haut anbackte, und warf mich ohne Rücksicht auf Verluste in jeden Beinsalat. Nicht allein mein Wesen nahm bereits mit sechs Jahren immer bedenklichere Züge eines Oliver Kahns an. Nachdem mein blondes Zöpfchen mit meiner in Puppenkreisen berühmten berüchtigten Bastelschere Bekanntschaft gemacht hatte, sah ich zudem immer mehr wie dieser aus.

Neben den zotteligen Koteletten, die unter meinem neckischen Käppi hervorguckten, offenbarte ich noch weitere unübersehbare Parallelen zum Titan. So besaß ich einen nahezu identischen wahnwitzigen Gesichtsausdruck, wenn meine Vordermänner mir nicht gehorchen wollten. Es grenzt schon fast an ein Wunder, dass ich im Eifer des Gefechts nie am Ohrläppchen meiner Gegenspieler geknabbert habe.

Ich reifte im Kasten zu einem Alphamännchen mit Vagina heran und übernahm auf und neben dem Platz immer häufiger das Kommando.

Obwohl ich durchaus Gefallen an dem Posten zwischen den Pfosten fand, brach ich meine Zelte im Fünfmeterraum nach einer Saison wieder ab. Ich empfand meinen Ausflug ins Tor wie eine Art Wallfahrt, auf der ich meine eigentliche Berufung und fußballspezifische Läuterung erfuhr. Ich erkannte, dass ich ins Mittelfeld gehörte – an den Ort, an dem sich Sieg oder Niederlage herauskristallisieren und sich der Ursprung jeden Passes in die Tiefe befindet.

Diese Suche nach mir selbst nutzte mir auch in anderer Hinsicht. Ich verstand das Spiel jetzt in seiner Gänze, da ich es aus allen Perspektiven betrachtet hatte. Torhüter waren für mich von nun an ein offenes Buch. Ich las in ihren Handschuhen wie Wahrsagerinnen in der Glaskugel. Schließlich wusste ich nun, wie ein Keeper sich fühlt, wenn er beim Abschlag keine Anspielstation findet, oder wie er am besten reagiert, falls drei Gegner ungehindert auf ihn zu galoppieren. Logisch, dass diese Kenntnisse beim Toreschießen und -verhindern durchaus von Vorteil sind.

Das Wichtigste, was ich während meiner Pilgerreise zwischen den Aluminiumpfosten lernte, war das Verzichten. Ich habe euch ja bereits in die »Saugreflex-Theorie« eingeweiht, wenn das runde Leder wie ein feuchtes Staubtuch unschuldige Kinderfüße auf seinem Weg von Strafraum zu Strafraum »aufwischt« und sie statisch festhält. Vor meinen Kurztrip ins Tor war selbst ich vor diesem Phänomen nicht gefeit und fegte dem Ball zwanghaft in jede Ecke des Spielfeldes hinterher. Während meine Mannschaftskameraden sich ihrem Schicksal einfach ergaben und hofften, dass dieser Reflex eines Tages von ganz allein verschwindet, entschloss ich mich für die Radikalkur.

Um der Anziehungskraft des Balles zu trotzen, gab es nur eine Lösung: Ich musste mich ins Tor stellen. Als Keeper bist du schließlich gezwungen – um den Erfolg des Kollektivs nicht zu gefährden –, einen kühlen Kopf zu bewahren, dich nicht verführen zu lassen und dem Ball weitestgehend fern zu bleiben. Diese Entziehungsmaßnahme erwies sich als mindestens ebenso hart wie meine kurz zuvor durchgestandene Nuckel-Entwöhnung. Doch die qualvollen Stunden, die ich mit kribbelnden Beinen auf der Torlinie verharrte, zahlten sich aus.

Gewiss, ein anonymer Alkoholiker kann sich auch nie ganz sicher sein, dem verführerischen Likörchen zu widerstehen, wenn er einen direkt vor die Nase gesetzt bekommt. Erst nach einem Jahr Abstinenz fühlte ich mich endlich so weit, als strategische Spielgestalterin zu agieren, die nicht mehr dem Ball hörig hinterher hechelte, sondern gegebenenfalls zur Absicherung hinten blieb oder auf dem anderen

Flügel lauerte, um den plötzlichen Flankenwechsel zu ermöglichen.

In taktischen Belangen war ich manchem Jungen mittlerweile durchaus einige Schritte voraus. Obwohl ich im Deutschunterricht nicht einmal das Alphabet beherrschte, begann ich bereits das Spiel auf dem Fußballfeld »zu lesen« – soweit man das F-jugendliche Fußballkauderwelsch überhaupt entziffern konnte.

Doch nicht nur unter fußballerischen Gesichtspunkten übertraf ich inzwischen so manchen Teamkollegen männlichen Geschlechts. Manchmal benahm ich mich sogar wie der schlimmste Junge von allen, um zu beeindrucken oder mir Respekt zu verschaffen. Wahrscheinlich wollte ich einfach sichergehen, dass mich ja niemand als Mädchen bezeichnete. Versteht mich nicht falsch, ich freute mich, dass bei mir da unten kein Gebimmel rumhing. Ich wollte nie ein Junge sein, sondern nur wie einer behandelt werden, und verhielt mich deswegen wie einer. Ich brauchte keine Extrawürstchen – selbst die in der Dusche interessierten mich nicht die Bohne.

Ich überließ nichts dem Zufall und bildete mich auf dem Gebiet der »molekularen Mimikry« stetig weiter. So bekam ich immer bessere Einfälle, wie ich meine weibliche Identität zu vertuschen vermochte. Mein absoluter Favorit in puncto Täuschungsmanöver: »Der überdimensionale Venushügel«.

Das Rezept für diesen Trick: Nimm eine hautenge Radlerhose und ziehe sie an. Nun schlachte dein Sparschwein, um die Moneten für ein Überraschungs-Ei im Supermarkt auf den Kopf zu hauen. Ganz wichtig: Als erstes, vernichte die Schokolade, sonst bleiben hässliche braune Flecken zurück, die wie unschöne »Bremsspuren« in der Unterhose aussehen. Öffne nach dem Verzehr der Zuckerbombe das gelbe Plastikei und entferne das Spielzeug, sonst macht das Ding beim Laufen seltsame Geräusche. Schließe das Ei wieder, stecke es behutsam in deine Radlerhose und präsentiere deine Wölbung stolz der Öffentlichkeit.

Am besten, du legst dir schon einmal ein paar Argumente zurecht, wie zum Beispiel: »Du Depp, warum heißt das Ding denn sonst Venus-HÜGEL«, um sogar Skeptiker davon zu überzeugen, dass der weibliche Genitalbereich tatsächlich solche Ausmaße annimmt. Eine geschickte Argumentationskette verschaffte mir tatsächlich Glaubwürdigkeit. Leider flog der Schwindel später in der Dusche natürlich auf.

Ein anderer Weg, mich als Junge zu tarnen, war zum Beispiel die »Mauertaktik«. Hier stellte ich mich bei gegnerischen Freistößen freiwillig in unseren Abwehrwall, um so zu tun, als hätte ich etwas im Schambereich zu schützen. Logisch, dass dies bei Mitspielern Fragen aufwarf.

So stand eines Tages Jan neben mir und guckte ganz ungläubig auf meinen aus zierlichen Kinderhänden geformten Sackschutz.

»Wieso stehst du da so?«, fragte er mich forsch, als hätte ein Mädchen nicht die Berechtigung dazu.

»Na, ich schütze mich«, antwortete ich schnippisch.

»Was hast du denn da zu schützen?«, entgegnete das kluge Köpfchen.

»Na, es heißt doch immer, man sollte sich schützen.«

»Mmh, stimmt. Hab ich auch von gehört.« Wusste ich's doch, dass Jan die Kondom-Werbung an der Litfasssäule nicht geballert hatte.

Aber ganz ehrlich, als Frau steckt man in der Mauer gewaltig in der Zwickmühle, zumindest, was die Positionierung der Hände betrifft. Sie neben dem Körper herum baumeln zu lassen, sieht unmotiviert aus, und hinter den Rücken gehören die Arme nur beim alljährlichen Mannschaftsbild. Also, wo bitte schön sollen die Hände sonst hin, wenn nicht vor den Genitalbereich? Das zeugt meiner Meinung nach von einer professionellen Arbeitsauffassung.

4 Sackhüpfen

Wie gesagt, auf dem Platz besaß ich so einige Tricks, um nicht sofort als Mädchen entlarvt zu werden. In der Umkleidekabine hingegen kamen die Karten auf den Tisch. Hier hatte ich kein Ass im Ärmel, geschweige denn in der Hose. An diesem Ort gab es kein Entkommen.

Anfangs ignorierte ich die Tatsache, dass ich anders war als die Jungs. Hartnäckig probierte ich, beim traditionellen »Sackhüpfen« in der Dusche mitzuspielen, wobei meine Mitstreiter nackig in der Dusche herum hopsten und eine ausgewählte Jury denjenigen mit der flottesten »Pendelfrequenz« krönte.

Beim Versuch, meine Schamlippen schaukeln zu lassen, scheiterte ich allerdings kläglich; ich hoffe, dass kann ich auch noch nach der Menopause und zwei Kindern sagen.

In der Disziplin »Weitpinkeln« war ich ebenfalls sichtlich im Nachteil. Ganz gleich, wie sehr ich mich verrenkte, um eine 1-A-Brücke mit meinem Körper zu formen, ich kam nie über den vorletzten Platz hinaus. Ja, Vorletzter. Da Paul, der als Favorit für den Weitpinkel-König galt, so in mich verschossen war, dass er partout nicht laufen lassen konnte.

Die meisten Jungs hatten übrigens nie ein Problem damit, dass ich mich mit ihnen in einer Kabine umzog. Und mir machte es ohnehin nichts aus, mich vor den Halbwüchsigen zu entblößen – da gab's ja schließlich auch noch nicht wirklich etwas zu begutachten, höchstens meinen Marilyn-Monroe-Schönheitsfleck auf dem Schambein.

Für mich kam eine eigene Kabine nie in Frage. Ich wollte

immer hautnah dabei sein, wenn der Trikotkoffer geöffnet wurde und der frische Duft unserer mit Weichspüler gewaschenen grün-weißen Uniformen die Räumlichkeiten durchflutete. Ich liebte es, wenn wir uns um die wenigen S-Hosen boxten (wow, das waren noch Zeiten, als ich in S-Hosen passte!) und die Stutzen wie wild durch die Gegend flogen.

Allein manche Mutter nervte ab und zu, wenn sie dem Sohnemann beim Schlüpfer-Anziehen unter die Arme greifen musste. Um eines allemal klarzustellen: Liebe Mütter, ihr tut eurem Sprössling keinen Gefallen, wenn ihr ihm mit acht Jahren noch beim Justieren des Schlüppis beisteht – besonders wenn ein Mädchen in unmittelbarer Nähe ist. Ich bitte euch, wie soll der Junge sein Muttersöhnchen-Image jemals wieder loswerden?

Lasst ihn doch einfach machen. Auch wenn er es vielleicht am Anfang nicht ganz gebacken kriegt, so ein Slip-Eingriff am After ist gar nicht zu verachten. In meinem Kleiderschrank fanden sich übrigens auch so einige Bubbi-Unterhosen, die für einen Jungenunterleib zugeschnitten waren, mit Autos drauf und so und »Ausguckloch«. Die erwiesen sich durch ihre Ausbuchtung als ideale Verstecke für Überraschungseier. Aber das nur so am Rande.

Weibliche Erziehungsberechtigte in der Kabine waren wirklich ein absolutes No-go. Besonders wenn sie kreischend ein packendes Weitpinkel-Kopf-an-Kopf-Rennen unterbanden. Dass ein Muttermund im Gesicht beim Brüllen ähnliche voluminöse Ausmaße annimmt wie der da unten beim Entbinden, hätte ich nie gedacht. Die wussten wohl nicht, dass Urin angeblich Fußpilz vorbeugen soll.

Doch selbst dieses Argument zog nie, sodass der Wettbewerb zu einem späteren Zeitpunkt fortgesetzt werden musste.

Ich genoss die »dritte Halbzeit« in der Umkleidekabine so sehr, dass ich oft als Letzte durch den dichten Dunst des heißen Wasserdampfs wieder nach draußen kam. Später als meine elf Freunde war ich dennoch nie zu Hause, da ich nur wenige Meter vom Sportplatz entfernt wohnte. Lediglich eine rund fünfzigstufige Treppe oder ein Waldabschnitt mit achtzigprozentiger Steigung trennte mich vom heimischen Vorgarten. Meist wählte ich die kürzere Variante und ließ noch einmal zum Abschluss eines harten Trainingstages meine Oberschenkelmuskulatur beim Bergsteigen ordentlich brennen; schließlich wollte ich irgendwann ähnlich durchtrainierte Beine vorweisen wie mein damaliger Lieblingsspieler Ulf Kirsten.

Wenn ich einen Zahn zulegte, stand ich innerhalb von dreißig Sekunden oben auf dem Gipfel und schaute aus der Vogelperspektive auf den Sportplatz hinab. Manchmal ließ ich glatt die *Sesamstraße* sausen, um noch ein Weilchen von meinem Tribünenplatz aus unserer Kreisliga-Herrenmannschaft beim Training zuzuschauen; das erheiterte mich mindestens genauso.

Warum der »Schwatte« Ulf Kirsten übrigens mein Vorbild war?

1. Seine Spielweise erinnerte mich immer an einen Perforator. Niemand stanzte mit einer solch brachialen Eleganz Löcher in des Gegners Abwehrformation wie er.

2. Ich habe einmal in meinem Was-ist-Was-Buch über In-

sekten gelesen, dass Grashüpfer mit Hilfe feinster Membranen extrem leise Geräusche mit den Beinen hören und dadurch keine Ohren brauchen. Ich glaube, Kirstens behaarte Stelzen hatten ähnliche Fähigkeiten. Bei ihm wirkte es jedenfalls so, als müssten seine Beine nie auf den Loslauf-Befehl aus dem Gehörgang warten. Wenn das Geräusch einer scharf reingetretenen Flanke ertönte, wussten Kirstens Schenkel von ganz allein, wo sie hinzulaufen hatten, um zur richtigen Zeit am richtigen Ort zu sein. Durch diese Gabe war er seinen Gegenspielern ständig einen Schritt voraus.

Und 3. Schon damals hatte ich eine Schwäche für Dreitagebärte. Sorry, ich bin schließlich auch nur ein Mädchen.

5 Die Harry-und-Sally-Theorie

Die meisten Fußballer hegen von klein auf eine besondere Beziehung zu ihrem Lieblingsspielzeug. Die drollige Geschichte des heranwachsenden Fußballstars, der seinen Ball aus Liebe überall mit hinnimmt – ob in die Kirche, Schule oder auf den Pott –, ist in Memoiren oder Porträts bekannter Spieler allgegenwärtig.

Ich dagegen konnte nie mit diesem »Der-Ball-ist-mein-bester-Freund«-Geschwafel etwas anfangen. Zugegeben, ich verbrachte täglich Stunden mit »ROMA« im Garten oder auf dem Sportplatz, und im Urlaub durfte er selbstverständlich auch nicht fehlen. Das hieß aber noch lange nicht, dass wir unzertrennlich wie ein Liebespaar gewesen wären.

Ich für meinen Teil vertrat vielmehr eine abgewandelte »Harry-und-Sally-Theorie«. Denn ähnlich wie Männer und Frauen, so behauptet es zumindest Protagonist Harry in der Achtzigerjahre-Liebeskomödie, nicht imstande sind, »nur« befreundet zu sein, da der Sex ständig zwischen ihnen steht, verhält es sich auch mit Beziehungen zwischen dem runden Leder und Menschen.

Bälle wollen keine Freundschaft oder Liebesbriefe, sondern einfach nur »benutzt« werden, sonst nichts. Ist doch totaler Quatsch zu glauben, dass dir die Pille besser gehorcht, wenn du ihr vor dem Elfmeter ein Küsschen gibst oder sie zum Kuscheln mit ins Bett nimmst. Bist du ein gottverdammter Ballflüsterer oder was? Nein, dieser Spielkamerad lässt sich nicht so leicht ein Halfter zum Führen anlegen.

Zwischen Ball und Mensch herrscht lediglich ein emotional kaltes Zweckbündnis. Da bin ich ganz unromantisch. Er genießt es, wenn er durch die Lüfte getreten wird, die Grashalme seinen Rücken kitzeln oder Füße ihn streicheln, und ich genieße es, ihm all das zu geben. Das hat rein gar nichts mit Freundschaft zu tun, geschweige denn mit Liebe, sondern allein mit gegenseitigem Verlangen.

Da spielt es keine Rolle, wer dich »befriedigt«. Monogamie hat in einer Mensch-Ball-Beziehung nun wirklich keinen Platz. Klar, »ROMA« ist schon mein absoluter Lieblingslover gewesen. Aber an sich machte es für mich keinen Unterschied, mit welchem runden Ding ich spielte, nur aufgepumpt sollte es sein. Und überhaupt: Fußbälle gehen ihrerseits in einem Spiel genauso unzählige Male fremd, wenn sie innerhalb einer Pass-Stafette von einem Fuß zum nächsten wandern.

Ich gebe zu, eine Zeitlang war ich kurz davor, diese radikalen Ansichten über Bord zu werfen, weil mich Captain Tsubasa Ozora, Manga-Boy der Serie *Die tollen Fußballstars*, nahezu bekehrt hatte. Jeden Tag, wenn ich aus der Schule nach Hause kam, gab es nach dem Mittagessen zum Nachtisch eine Folge dieses japanischen Animes für mich im Fernsehen serviert, und ich liebte diese Serie wirklich abgöttisch.

Jedes Mal, wenn die zwanzigminütige Zeichentrick-Fußball-Telenovela vorbei war, rannte ich fix in den Garten, um selbst die fulminanten »Drill- und-Tiger-Schüsse« alsbald zu beherrschen, mit denen Tsubasa und Co. ihren Gegnern das Fürchten lehrten. Meine Zuneigung diesem kleinen Asiaten gegenüber ging so weit, dass ich, wenn wir auf dem Bolzplatz »Weltmeisterschaft« spielten, und sich jeder eine Nationalelf aussuchte, immerzu Japan wählte.

Ist das nicht absurd? Japan? Ich gebe zu, mittlerweile spielt sogar diese Nation recht ansehnlichen Fußball, zumindest wirken sie wie ein Haufen emsiger Ameisen, die den Gegner mit ihren zackigen Bewegungen mürbe spielen. Aber in meiner Kindheit war Japan nun wirklich keine Mannschaft, mit der man seinen Kontrahenten auf der Wiese hätte Angst machen können. Sei's drum, zumindest gewann dadurch ab und zu selbst der Außenseiter aus Asien mal eine Weltmeisterschaft.

Tsubasa Ozora war auf jeden Fall der Inbegriff des klassischen Fußball-Romantikers, der sein Motto »Der Ball ist mein bester Freund« zahlreichen unschuldigen Halbstarken – einschließlich mir – tagtäglich einzuimpfen versuchte.

Hätte ich nicht in einer Folge per Rückblende irgendwann erfahren, dass er den Ball nur liebte, weil dieser ihm einmal das Leben gerettet hatte, wäre sein Plan womöglich aufgegangen. Doch dieser Umstand änderte natürlich einiges. Jetzt war die Sache klar: Dieser junge Mann hatte seine Gefühle schlicht fehlinterpretiert, denn was er empfand, war keine Liebe, sondern Dankbarkeit.

Was will ich mit dieser ganzen Harry-und-Sally-These überhaupt sagen? Wahrscheinlich nur, dass du auf der Hut sein solltest. Wenn zu viele Emotionen im Spiel sind, bist du dem runden Geschöpf nämlich schneller hörig, als du denkst. Viele, die einmal einen Fußball berührt haben, kommen nicht mehr von ihm los. Er übernimmt Besitz von dir und versucht, dich mit all seinen Rundungen zu betören. Er probiert dein Herz zu erobern, und sobald er das geschafft hat, wirst du nicht mehr in der Lage sein, dich von ihm zu trennen.

Sei dir dessen bewusst, wenn du mit dem Fußballspielen beginnst. Mich warnte niemand – und was ist aus mir geworden? Ein absoluter Fußball-Junkie, immer auf der Suche nach dem nächsten Schuss. Fußball ist nämlich keine Liebe, sondern eine Sucht.

6 Die Vereinsschlampe

Wie ihr bereits festgestellt habt, bin ich wohl oder übel eine Art Masochistin, was den Fußball betrifft. Da verwundert es euch sicher nicht, wenn ich euch verrate, dass ich auch in Sachen Fantreue eher auf Polygamie gepolt war. Ich mein, der britische Schriftsteller Nick Hornby lag mit seiner berühmten These »Seinen Verein kann man sich nicht aussuchen, der Verein sucht dich aus« bestimmt gar nicht so verkehrt. Das heißt aber noch lange nicht, dass sich jeder Fan diesem Schicksal unweigerlich beugen muss und nicht versuchen kann, sich dagegen aufzulehnen.

Ich für meinen Teil war auf jeden Fall der lebende Beweis dafür, dass diese Gleichung ebenso wunderbar andersrum aufgeht. Der Begriff »Vereinsschlampe« trifft es, glaube ich, ganz gut. Denn ob Bayer Leverkusen, der Hamburger SV, Werder Bremen oder der VfL Wolfsburg, ich kann mir kaum vorstellen, dass jemand in mehr Fußballklub-Bettwäschen geschlafen hat als ich.

Hallo? Ich fuhr Mitte der Neunzigerjahre eine Zeitlang sogar mit den beiden Erzrivalen Bayern München und Borussia Dortmund zweigleisig! Ich gebe zu, selbst mir fehlt heute dafür jegliches Verständnis.

Ich möchte mich allerdings nicht als ein sogenannter Erfolgsfan bezeichnen, der immer auf den Zug aufspringt, wenn dieser gerade so richtig ins Rollen kommt. Nein, meine Motive waren anderer Natur. Ich hielt es mit Fußballvereinen wie Jugendliche mit dem Thema »sexuelle Erfahrung sammeln«. Ich fühlte mich schlichtweg zu jung, um mich fest zu binden, wollte lieber experimentieren, ausprobieren, was mir gefällt. Ist das nicht völlig legitim? Sicher, ich schlüpfte natürlich nicht mit jedem Verein gleich unter die Bettdecke – er musste schon das »gewisse Etwas« haben. Wie sagt man so schön? Das Gesamtpaket muss stimmen? Pustekuchen! Das Kollektiv war bei meiner Wahl weniger entscheidend. Es genügte meist ein einzelner Protagonist, damit ich kurzerhand gleich zum Fan des ganzen Teams avancierte – wie geschehen, als Jürgen Klinsmann in den Neunzigern zum FC Bayern wechselte.

Blöd, dass ich mir kurz vor seinem Wechsel nach München als Trostpflaster für meinen gebrochenen Daumen im Skiurlaub ausgerechnet ein BVB-Trikot ausgeguckt hatte. Ich musste ein Dreivierteljahr warten, bis unter dem Weihnachtsbaum endlich das lang ersehnte Bayern-Jersey auf mich wartete und ich das Dortmund-Shirt wie ein Poesiealbum an eine verlorene schwarz-gelbe Seele emotionslos weiter reichen konnte. Wie ihr seht, genoss ich mein »Single-Leben« in vollen Zügen.

Von wegen. Wenn ich ehrlich bin, betrieb ich diese Vereinshurerei allein deswegen, weil ich mir nicht eingestehen wollte, dass mein Herz in Wahrheit längst vergeben war. Dieses ganze Rumgeschäker vollführte ich insgeheim nur, um diesen einen Klub irgendwie aus meinen Kopf zu kriegen. Doch es gelang mir nicht. Egal, mit wie viel Leidenschaft ich mich in ein neues Techtelmechtel stürzte, über kurz oder lang kehrte ich immer wieder zu dem »einen« zurück.

Dabei weiß ich nicht einmal, was genau mich so an ihm faszinierte. Ich mein, viel zu bieten hatte er nicht gerade. Er konnte lange Zeit weder mit seiner äußerlichen Erscheinung – sprich mit ansehnlichem Fußball –, geschweige denn mit seinem Charakter (traditionslos, keine Fankultur, machte ständig einen auf dicke Hose) punkten.

Und dennoch löste dieser Verein etwas in mir aus, was ich bei keinem anderen spürte. Ich fühlte mich bei ihm geborgen, zu Hause. Ich wählte den VfL Wolfsburg nicht nur wegen Heimatverbundenheit als Lieblingsverein, sondern vielmehr aus demselben Grund, warum sich junge Mädchen so häufig für den bösen Jungen entscheiden: In den Augen vieler war es etwas Unanständiges – und deswegen so verlockend.

Anscheinend ist es doch nicht möglich, Nick Hornbys Credo »Seinen Verein kann man sich nicht aussuchen, der Verein sucht dich aus« so einfach zu umspielen.

7 Eltern neben der Spur

Wie kommen die meisten Kinder dazu, mit dem Fußball anzufangen? Richtig, sie verstecken sich heimlich in Papas Sporttasche und springen dann in die Herrenumkleide wie eine Stripperin aus der Torte bei einem Junggesellenabschied. Na gut, das mag vielleicht etwas an den Haaren herbeigezogen zu sein. Aber es lässt sich zumindest nicht leugnen, dass weniger die weibliche, sondern meist der männliche Erziehungsberechtigte den familiären Nachwuchs zum Fußballspielen bewegt.

Bei mir lief das anders ab. Ich wohnte ja ohnehin quasi direkt auf dem Sportplatz, sodass mir das Versteckspiel zwischen Papas miefiger Unterwäsche und Schienbeinschonern in der Sporttasche Gott sei Dank erspart blieb. Ich fand den Weg auf das grüne Feld von ganz allein. Selbst ist die Frau, sage ich da nur!

Sobald ich den aufrechten Gang beherrschte, nutzte ich jede Gelegenheit, um mich samt Windel und Fläschchen klammheimlich zum Sportplatz zu begeben. Das war gar nicht so schwer. Schließlich musste ich nur der narkotisierenden Duftkomposition aus triefender Bratwurst, herbem Bier, kaltem Männerschweiß und frisch gemähtem Rasen folgen – ein Eau de Toilette ganz nach meinem Geschmack.

Mit meiner Pipibox um der Taille, meiner Pulle und dem recht wackeligen Gang fiel ich unter der Handvoll Bier schlürfenden Rentnern am Spielfeldrand kaum auf. So brauchte es mindestens eine Halbzeit, bis mich meine sorgenvolle Mama inmitten Eck- und Alkoholfahnen wieder fand.

Tja, in unserer Familie brachten nicht die Erwachsenen ihren Sprössling auf den Sportplatz – bei uns war ich es, die ihre Eltern an den Rand des Fußballfeldes trieb.

Zu unseren Jugendspielen fand sich stets eine Menge schaulustiger Erziehungsberechtigte ein. Das sah schon immer putzig aus, wie sich unsere alten Herrschaften an der Seitenlinie benahmen. Sicher, mir blieb im Eifer des Gefechts nur wenig Zeit, das herrliche Treiben an der Gegengerade genauer unter die Lupe zu nehmen. Drei verschiedene Spezies von Eltern fielen mir trotzdem sofort ins Auge:

1. *Der Personaltrainer.* Wie eine personifizierte Pulsuhr kontrolliert der Personaltrainer jeden kleinen Schritt seines Erben. Anstatt zu piepen, wenn der Nachwuchs einmal zum Verschnaufen die Belastungsintensität kurz verringert, brüllt diese Sorte von »Herzfrequenzmessgerät« jedoch lieber. Am schlimmsten verhalten sich die »weiblichen Pulsuhren«, da diese eine besonders grelle Tonhöhe besitzen.

Der Personaltrainer versucht aus seinem Spross alles herauszuholen, sei es mit Anfeuerungsparolen (»Den Kleinen steckst du mit links in die Tasche«), Aussprechen von drohenden Konsequenzen (»wenn du die Pfeife vorbei lässt, dann gibt's heute Abend kein Fernsehen«) oder Liebesentzug (resigniertes Kopfschütteln und Zukehren des Rückens). Er besitzt somit die Gabe, immer ein Klima der Angst zu erzeugen.

Der Nachkomme eines Personaltrainers empfindet ein Fußballspiel wie eine Joggingeinheit auf dem Laufband:

Ganz gleich, wie sehr er sich anstrengt, er kommt einfach nicht vorwärts. Denn was er auch tut, für seine Eltern ist es nie genug.

2. *Die Flaneure.* Meist mit einer Zigarette oder Pfeife in der Hand schlendert dieser Typ unaufhörlich an der Seitenlinie entlang. Nicht so diktatorisch wie der Personaltrainer; trotzdem kann sein Auf-und-Ab-Gehen einen fast genauso aus dem Konzept bringen. Er hat den unwiderstehlichen Drang, sich zu bewegen, als würde er am Restless-Leg-Syndrom leiden und so versuchen, seine Nervosität im Zaum zu halten. Zum Zeitvertreib spielt er gern Balljunge und springt sportlich über die Bande, um schnellstmöglich die ins Aus geflogene runde Kugel seinem Sohnemann mit Nachdruck zurück in die Hände zu werfen.

Er genießt sowohl jeden Spiel- als auch Zigarettenzug, observiert die Laufwege seines Schösslings so bedächtig wie ein Schachspieler die der gegnerischen Dame und klopft seinem Nachfahren, wann immer sich die Gelegenheit ergibt, als Ansporn auf die Schulter.

3. *Der Eventfan.* Meist etwas rundlicher Statur, sitzt er gern in seinem mitgebrachten Campingstuhl mit Getränkehalter und haut einen inkompetenten Spruch nach dem anderen raus (»Hast du Tomaten auf den Augen, Schiri? Schon mal was von Abseits gehört?« Ja, hat er, aber in der F- und E-Jugend gibt es diesen Regelverstoß nicht.) Sein Rucksack enthält mit Naschereien gefüllte Tupperdosen. Schließlich sollen die Kinder einen perfekten, sportlergerechten Halbzeitsnack bekommen.

Meine Erzeuger ließen sich nicht so leicht in eine dieser Schubladen stecken. Mama gehörte wohl einer Unterart der Personaltrainer an. Zumindest wusste sie mich lautstark an der Seitenlinie zu unterstützen und dem Schiedsrichter ab und an einen bösen Blick zuzuwerfen. Angst vor ihr musste ich allerdings nicht haben. Ihr Markenzeichen: der Schuss aus der Hüfte. Wann immer ich mich in Abfeuerungsstellung befand, beugte sie sich parallel zu meiner Bewegung wie ein Revolverhahn kurz vor dem Auslösen eines Schusses nach hinten, um mir buchstäblich »beizustehen«.

Mein Papa hingegen spiegelte mehr den Flaneur-Typ wider. Zumindest zwirbelte er mit seiner Zigarettendrehmaschine ähnlich viele Glimmstängel im Laufe eines Spiels wie ich elliptische Flanken in den Strafraum. Anstelle einer dröhnenden Trompete verkörperte er eher die reservierte Mundharmonika, die meinen Spielrhythmus mit kurzen knackigen Anfeuerungs-Akkorden zu untermalen versuchte.

Die Lieblingsbeschäftigung meiner Erzeuger bestand darin, gemeinsam gegnerische Eltern zu korrigieren, wenn diese mich mal wieder als Jungen bezeichneten. Mein fußballerisches Talent und der burschenhafte Pilzkopf erfüllten nämlich tatsächlich ihren Zweck: Kaum jemand erkannte das Mädchen in mir. Die meisten reagierten erstaunt, fast schockiert, wenn meine Mama ihren Gegenüber mit einem leicht patzigen Unterton in die Schranken wies:

»Wie bitte, DER kann nichts? Wenn sie mein Kind schon schlechtreden wollen, dann verwenden sie, bitte schön, zumindest den richtigen Artikel. DIE ihren Sohn da nämlich gerade leichtfüßig austänzelt, ist ein Mädchen!«

Nicht selten verschluckte sich ein Spielervater bei diesen Worten am frisch aufgebrühten Kaffee, was meinen Eltern natürlich eine gewisse Genugtuung bescherte. Anfangs störte es mich, dass Mama und Papa meine Tarnung ständig auffliegen ließen. Irgendwann aber fand selbst ich Gefallen an den roten Köpfen der sich grämenden Erziehungsberechtigten, wenn ich ihren Söhnen wieder mal wie eine diebische Elster den Ball vom Fuß stibitzte. Sprüche wie »Zeig dem Mädel mal, wie man richtig Fußball spielt« gaben mir sogar bald den gewissen Kick.

Viele Jungs verwirrte es, wenn sie inmitten eines Zweikampfes auf einmal spitzkriegten, dass dieser Blondschopf, der da gerade zwischen ihren Beinen rumstocherte, gar keiner »von ihnen« war. Den meisten half dann nur ein aufpäppelnder Pausentee, um wieder in die Spur zu kommen.

Die unverhoffte Anwesenheit einer Vagina auf dem Spielfeld entpuppte sich gemeinhin als mindestens genauso effektiv wie ein doppelter Übersteiger: Beides ließ die Gegenspieler meist ziemlich blöd aussehen. Ich wendete diese »Waffe« bald sogar in freien Stücken an und setzte mit dieser Strategie so manchen Verteidiger zeitweise außer Gefecht.

Ich musste mich nicht einmal entblößen, um die Wirkung meines weiblichen Geschlechts vollkommen auszuschöpfen. Ich musste lediglich meinen Manndecker mit verführerischem Blick darauf aufmerksam machen, dass »man gefälligst jungen Damen nicht so uncharmant auf die Füße tritt«.

Bedauerlicherweise besitzt die »Vagina-Finte« von Natur aus nur eine geringe Halbwertzeit – ein solches Mädchen vergisst man(n) eben nicht so schnell.

8 Ein Pfau mit opulenter Oberweite

Die Jahre vergingen, und die Schamhaare kamen. Ich spielte inzwischen in der D-Jugend und merkte alsbald, dass in dieser Altersklasse nicht nur auf dem Spielfeld ein ganz anderer Wind wehte. Auch in der Kabine gab es einige Veränderungen zu verzeichnen. So verkamen unter anderem die einstigen Paradedisziplinen der Dusch-Olympiade, »Sackhüpfen« und »Weitpinkeln«, immer mehr zu Randsportarten. Zwar duellierten sich die Jungs weiterhin in einem Wettbewerb unter der Gürtellinie, allerdings konnte ich mit dem neuesten Trendsport »Wer hat die meisten Schamlöckchen?« nun wirklich nichts anfangen.

Doch damit nicht genug. Mich überkam zusehends das Gefühl, dass parallel zur wachsenden Vegetation in diversen Genitalbereichen zwangsläufig meine persönliche Marginalisierung in der Kabine eintrat. Die Pubertät saß nämlich wie ein widerspenstiger Gegenspieler manchem der Rasselbande inzwischen dicht im Nacken, sodass sie unweigerlich begannen, sich während meiner Anwesenheit zu genieren. Die Bitte, »Tiny, dreh dich mal um« avancierte regelrecht zu einem penetranten Ohrwurm, den ich nun andauernd vorgeleiert bekam. Es konnte sich nur noch um eine Frage der Zeit handeln, bis sie meine »Isolationshaft« beantragen würden.

Und tatsächlich: Es sollte eines der traumatischsten Erlebnisse meiner Kindheit werden, als mich Achim und Kalle eines Tages an einem frostigen Novemberabend zur Seite nahmen. Dichter Nebel umzingelte den Platz, und die Flutlichtmasten versuchten mit letzter Kraft, etwas Helligkeit durch die trübe Atmosphäre zu pressen.

Wie zwei Räuchermännchen standen meine Trainer vor mir: Aufgewärmter Atem qualmte aus ihren Mündern, und ihre Körper wirkten aufgrund der eisigen Kälte, die sich unaufhaltsam wie Erosion durch ihre fluffigen Daunenjacken fraß, ausgesprochen hölzern. Achim ging sachte in die Hocke, um mit mir auf Augenhöhe zu kommunizieren. Seine Kniescheibe schien bereits gefroren, denn als er sich zu mir herunter beugte, knackte es so laut, als wäre sie wie eine dünne Eisdecke zerborsten. Er räusperte sich, warf mir aus Versehen ein paar Speichelkrümel an die schweißige Wange und legte los:

»Tiny, dir ist sicher aufgefallen, dass sich manche von unseren Jungs mittlerweile lieber ein Handtuch umbinden, wenn du dich mit ihnen umziehst. Wir denken, dass du in Zukunft lieber eine eigene Kabine bekommen solltest.«

Das hatte gesessen. Ich wusste, dieser Moment würde kommen. Aber so schnell? In meinen Augen baute sich eine Welle des Kummers auf, bis sie an meinen schilfartigen Wimpern tröpfchenweise zerbrach. Ich fühlte mich wie nach einem verschossenen Elfmeter. Nein, viel schlimmer noch, als wäre ich innerhalb von zehn Spielminuten dreimal getunnelt worden.

Kalle wischte mit seinem eiskalten Händchen die Tränen aus meinem Gesicht und versuchte mir mit folgenden Worten diese Schnapsidee als einen guten Tropfen zu verkaufen: »Sei nicht traurig. Du wirst schon nichts verpassen. Ich hätte früher gern eine eigene Kabine gehabt. Da kannst du dich immer ganz in Ruhe auf das anstehende Spiel vorbereiten.«

Ich bekam keine Antwort über meine Lippen. Wortlos stapfte ich Richtung Vereinsheim und hinterließ dabei eine Schneise der Traurigkeit in der dicken Nebelwolke. Ich setzte mich auf meinen angestammten Platz direkt gegenüber den Duschen und hörte plötzlich ein lautes Rumoren. Erst dachte ich, mein Magen-Darm-Trakt wollte seiner Bedrücktheit Luft machen. Doch es waren Regentropfen, die in immer größerer Stückzahl auf das Dach purzelten.

Nachdem der erste Ärger verflogen war, versuchte ich mich mit meiner neuen Unterkunft zu arrangieren. Und tatsächlich, eine eigene Umkleidekabine hatte durchaus ihren Vorteil. So konnte ich zumindest die nervigen Grashalme, die beim Tacklingtraining ganz ungeniert in mein Höschen geflutscht waren, völlig ungestört aus allen Körperöffnungen pulen.

Leider änderte selbst dieser »Luxus« nichts daran, dass mein Zugehörigkeitsgefühl von Woche zu Woche unaufhaltsam flöten ging. Als hätte die Pubertät nicht schon genug Schaden angerichtet, indem sie mir mein beschauliches Plätzchen in der Kabine geklaut hatte, machte sie mir jetzt zusätzlich auf dem grünen Rasen das Leben schwer. Während ich nämlich vor und nach den Spielen stets allein in meinem stillen Kämmerlein rumsaß, bekam ich es dafür auf dem Platz immer häufiger mit zwei Gegnern gleichzeitig zu tun.

So stellte sich mir mittlerweile nicht mehr nur mein direkter Kontrahent im zentralen Mittelfeld in den Weg, auch Mutter Natur war immer öfter mit von der Partie und trat mir wie ein Sonderbewacher der alten Schule auf die Füße. Wie sehr ich mich auch bemühte, gegen dieses »Doppeln« hatte ich kaum eine Chance. Die körperliche Leistungsfähigkeit der Jungs nahm so rapide zu, dass ich häufiger Schwierigkeiten hatte, mit ihnen Schritt zu halten.

Die frisch produzierte Extraportion Testosteron im Blut meiner Mit- und Gegenspieler entfaltete inzwischen ihre volle Wirkung und sorgte dafür, dass manch wabbeliges Spaghetti-Beinchen über Nacht al dente wurde. Klar, in puncto Technik, Spielverständnis und Kreativität steckte ich so manchen plötzlich hoch gewachsenen »Abwehrbaum« mit wulstigem Adamsapfel stets in die Tasche. Was allerdings Schnelligkeit und Robustheit in den Zweikämpfen betraf, erging es mir ähnlich wie im letzten Jahrzehnt dem US-Dollar, der über Jahre dem Euro gegenüber große Einbußen hinnehmen musste.

Trotz meiner immer eklatanter werdenden körperlichen Defizite wollte ich weiterhin als eine »attraktive Anspielstation« angesehen werden. Also versuchte ich meine vermeintliche Beeinträchtigung als etwas Positives darzustellen und weihte dazu die Jungs in das »Handicap-Prinzip« ein.

Zur Anschauung verglich ich dabei meinen Mangel an Kraft und Geschwindigkeit mit dem pompösen Schweif eines Pfaus. Denn ob das auffällige Accessoire des Federviehs oder meine geringe Muskelmasse in Ober- und Unterschenkeln, beides erweist sich nicht gerade als vorteilhaft, wenn man vor Fressfeinden und Gegenspielern Reißausnehmen will.

Der Pfau nimmt diese »Behinderung« allerdings freiwillig

in Kauf, um den potenziellen weiblichen Geschlechtspartnern zu demonstrieren: »Hey, schaut her, meine Damen. Wenn ich trotz dieses extravaganten Handicaps in der Lage bin zu überleben, muss ich ja anscheinend noch ganz andere, effizientere Qualitäten besitzen.«

Der Umstand, dass er trotz seines überdimensionalen Schweifs den Wettbewerb in der Tierwelt erfolgreich übersteht, zeugt von seinem außerordentlichen Fitnesszustand. Wie wir alle wissen, fährt die weibliche Zunft auf durchtrainierte Bodys durchaus ab. Er begibt sich quasi aus freien Stücken in Gefahr, um den Weibchen zu gefallen, da er es sich ja leisten kann. Um den Jungs klar zu machen, dass ich gewissermaßen das menschliche Pendant zum Pfau mit opulenter »Oberweite« darstellte, argumentierte ich wie folgt:

»Also Jungs, da ich über eine ausgefeilte Technik verfüge, kann ich mir Defizite in anderen Disziplinen leisten. Ich agiere geschickt genug, um mich anderweitig durchzusetzen, und bin somit weiterhin eine durchaus potente Torproduzentin. Der Vogel und ich mögen beide das risikoreiche Spiel. Wundert euch also nicht, wenn ich gar nicht erst probiere, meine Gegenspieler im Sprint abzuschütteln. Ich stelle mich lieber der Eins-gegen-Eins-Situation, um ihn schließlich mit einer Körpertäuschung gewandt auf die falsche Fährte zu locken. Das hat erstens viel mehr Stil, und zweitens ist es nicht so Kräfte raubend wie ein 30-Meter-Spurt. Also, spielt mir die Pille ruhig zu, meine Herren!«

Kann sein, dass ich mich damals nicht ganz so gestelzt ausgedrückt habe, aber der ungefähre Wortlaut tut's ja auch. Jedenfalls wickelte ich die Jungs wieder einmal in bester Politikermanier um den Finger und brauchte vorerst keine Bedenken zu haben, dass mich dasselbe Schicksal ereilte wie den dicken Sascha, den wir meist versuchten zu umspielen. Die heranwachsenden Dreibeiner konnten wirklich von Glück sagen, dass sie über ein Mädchen in ihren Reihen verfügten, das sogar »freiwillig« ein paar Handicaps in Kauf nahm.

Mal ehrlich, wie hätte das denn auch ausgesehen, wenn ich nicht nur hinsichtlich der Ballbehandlung, sondern obendrein im Rennen um den Steilpass meinen Jungs den Schneid abgekauft hätte? Ich mein, ihr männliches Ego steckte doch noch buchstäblich in den Kinderschuhen. Nicht auszudenken, was mit dem einen oder anderen passiert wäre, hätte ich es in diesem mickerigem Stadium bereits so massiv verletzt.

9 Liebesakt auf kleinstem Raum

Je länger ich bei den Jungs spielte, desto mehr genoss ich es, etwas Besonderes zu sein. Die Zeiten waren vorbei, in denen ich streng nach den Riten der »molekularen Mimikry« lebte. Inzwischen freute ich mich sogar über die aus gegnerischen Lagern mir vorgeträllerten Lobeshymnen.

Ich verstand allerdings nie, warum es überhaupt eine solch große Sache war, dass es wider Erwarten Mädchen gab, die vor einer rollenden Kugel nicht gleich – als handelte es sich um eine monströse Spinne – Reißaus nahmen.

Zugegeben, ich hatte durchaus Glück, gleich zu Beginn meiner Karriere einer Art Schocktherapie unterzogen worden zu sein. Jedenfalls sah ich, seitdem ich bei meinem Debüt buchstäblich den Kopf hingehalten hatte, ohne mit der Wimper zu zucken, jedem heranfliegenden Ball direkt in seine pechschwarzen, fünfeckigen Augen. Ich wusste ja, was mir im ungünstigsten Fall blühte. Und ganz ehrlich, es gibt Schlimmeres als einen erquickenden Sternenhimmel.

Als Elfjährige machte ich mir jedenfalls wenig Gedanken darüber, ob ich mir meine, sich wie eine Sprungschanze biegende Spitznase, im Falle eines stümperhaften Kopfballversuchs, brechen würde.

Solche draufgängerische Mädchen schienen jedoch rar gesät. Zumindest hatte ich in meiner bis dato knapp sechsjährigen »Feldstudie« noch keines im »Biotop Fußballplatz« ausfindig gemacht, das annähernd solche Züge und Anlagen besaß wie ich. Auf einem Hallenturnier stellte ich beim ersten Blick über den Tellerrand allerdings fest, dass das Doppel-X-Chromosom im deutschen Fußball womöglich mehr als einen seltenen Gendefekt darstellte.

Während der Jahreszeit, in der aufgrund von widrigen Wetterverhältnissen mehr »Platz ist gesperrt«-Schilder in der Gegend rumhingen als gelangweilte Dorfjugendliche, stillte meine Mannschaft ihren Spieltrieb mit einer Reihe von Hallenturnieren auch außerhalb ihres angestammten Gefildes. Ich freute mich jedes Mal auf diese Indoor-Periode, da mir das Kicken in der Halle fast mehr Spaß bereitete als draußen. Fußball auf Parkett ist nämlich im Grunde genommen nichts anderes als ein Liebesakt im Auto.

Beides erfordert auf kleinstem Raum eine ausgefeilte Technik, ist temporeich, schweißtreibend und gefühlsintensiv. Statt sich lange eine Taktik zu überlegen, sollte lieber spontan gehandelt werden. Denn ehe man sich versieht, ist der nervenaufreibende Quickie von rund zehn Spielminuten schon wieder vorbei. Das soll jetzt nicht heißen, dass ich mit elf Jahren bereits sexuell aktiv war. Damals hätte ich den Hallenfußball selbstverständlich mit einem weitaus kindheitskonformeren Beispiel verglichen.

Sei's drum, Kraft und Ausdauer waren unterm Dach weniger entscheidend, was mir als Mädchen natürlich sehr entgegenkam. Eine enge Ballbehandlung, präzises Kurzpassspiel und ein geschmeidiger Bewegungsapparat erwiesen sich hingegen als unabdingbar. Das einzige, was mir anfangs beim Hallenkick ab und zu einen Strich durch die Rechnung machte, war der Umstand, dass ich dazu neigte, Fußball so zu spielen, wie weibliche Geschöpfe von Natur aus denken: zu kompliziert.

Ich machte mir selbst das Leben schwer, indem ich meine Entscheidungen auf dem Platz zu lange abwog und ständig über etwaige Konsequenzen nachdachte. Auf dem Großfeld war das nicht so das Problem. In der Halle, wo du dir fast schon automatisch gegenseitig auf den Füßen stehst, kam dieses Fehlverhalten dafür besonders schwer zum Tragen.

Glücklicherweise haben Organismen die Fähigkeit, sich speziellen Umweltbedingungen anzupassen. So lernte ich vor dem Tor gezwungenermaßen nicht mehr lange zu fackeln und mehr Unbekümmertheit auszustrahlen, sprich, wie ein Mann einfach gestrickt zu sein. Für mich, der Meisterin der »molekularen Mimikry«, erwies sich diese Aufgabe natürlich als ein Kinderspiel. Allerdings war ich wohl nicht als einzige dieser Kunst mächtig.

Ich erinnere mich noch genau an meinen ersten unverhofften Mädchen-Zweikampf: Meine Elf hatte die Ehre, gleich zum Auftakt des alljährlichen Neujahrskicks 1996 gegen den Gastgeber anzutreten, und formierte sich in klassischer Hallenaufstellung »zwei hinten, zwei vorne – aber eigentlich spielen alle überall« in der eigenen Spielhälfte.

Ich stand am Anstoßpunkt und scharrte bereits mit den Hufen. Meine Gummisohlen quietschten wie ein bremsender Rennwagen auf dem staubigen Linoleumboden, dessen Farbe an ausgereiften Harzer Käse erinnerte. Bei längerer Betrachtung dachte ich, auf einem expressionistischen Kunstwerk von Wassily Kandinsky zu stehen – so verworren und farbenfroh erschienen mir die vielen Linien und Verstrichungen auf dem Spielfeld. Der Duft von geplatzter Bockwurst, frisch gebackenem Gugelhupf und

Lakritzschnecken – Fressalien, die bei einem großen Hallenturnier nie fehlen durften – machte sich in meinen Nasengängen breit.

Unser Schiedsrichter, der stark an einen bierbäuchigen Bratwurstverkäufer erinnerte, dessen Schweißporen genauso trieften wie das fettige Grillgut über der Glut, prustete kräftig in die Trillerpfeife, um die Spiele beginnen zu lassen. Ich passte auf meinen Nebenmann und lief geradewegs Richtung gegnerisches Tor, um mich in Lauerstellung zu begeben.

Steven spielte geschickt Doppelpass mit der Bande, ließ dadurch gleich zwei Kontrahenten auf einen Streich ins Leere laufen und entdeckte mich schließlich freistehend und wild mit den Armen fuchtelnd an der Strafraumkante. Er verstand das Pantomime-Spiel und bugsierte das Leder schleunigst in meine Richtung. Mit einem obligatorischen Schritt nach vorn kam ich dem Ball entgegen – und zack.

Wie aus dem Nichts schlängelte sich plötzlich ein Irrwisch, dessen Frisur an eine marokkanische, kegelstumpfige Kopfbedeckung namens Fes erinnerte, an mir vorbei und schnappte mir das Leder direkt vor der Nase weg. Ich verfiel in Schockstarre und schaute zu, wie der Dieb im Alleingang unsere Abwehrreihe wie einen Jenga-Turm Stück für Stück zum Einsturz brachte und am Ende so präzise abschloss, dass der linke Pfosten als Willkommensgruß dem Ball sogar ganz sanft den Rücken kraulte.

»Klasse, Kristin, mach sie nass«, frohlockte hinter mir die gegnerische Auswechselbank und ließ mich stutzen. Hörte ich richtig? Kristin?

Und tatsächlich: Sie hatte zwar die Maskerade bezüglich ihres Geschlechts nahezu perfektioniert. Mir aber, einer Frau vom Fach, stachen zumindest auf den zweiten Blick ihre femininen Eigenheiten sofort ins Auge. Ich muss wie ein sabbernder Typ ausgesehen haben, der seiner Freundin erstmals beim Unterwäsche-Kauf assistierte.

Ich glotzte ihr nicht etwa hinterher, weil ich mich sexuell zu ihr hingezogen fühlte, sondern wegen ihrer faszinierenden Ballbehandlung. Erstmals stand ein Mädchen vor mir, das wie ich es bevorzugte, den Ball mehr zu streicheln als ihn zu treten. Es schien mir fast so, als verwöhne sie bei jeder Berührung das Leder mit einer wohltuenden Kopfmassage. Zwischen ihr und dem Spielgerät bestand auf jeden Fall eine unübersehbare »Mutter-Kind-Bindung«.

Plötzlich machte sich in mir ein Unbehagen breit. Ich fühlte mich wie eine Solistin, deren Stimme auf der großen Bühne von einem atemberaubenden Saxophon-Alleingang überspielt wurde. Ich war nichts Besonderes mehr, ich war »zu zweit«. Damals fiel es mir schwer, mich mit dem Gedanken anzufreunden, dass es anscheinend noch mehr meines Schlags gab. Ich glaubte immer, die restlichen Fußballerinnen im Lande ließen sich an meinen zehn abgeknabberten Fingernägeln abzählen. Doch da täuschte ich mich wohl gewaltig.

10 Die sieben Zwerge und ihr Überbein

Die Begegnung mit Kristin wirkte sich auf meinen Organismus aus wie eine Schachtel Zigaretten. In mir schienen urplötzlich eine Menge überschüssiger nikotinische Acetylcholinrezeptoren aktiviert, die danach lechzten mit einer weiteren Dosis Tabak stimuliert zu werden. Das Gefühl der Abhängigkeit packte mich. Ich gebe zu, die erste »Tuchfühlung« mit einer Fußballerin stieß mir zu Beginn übel auf. Aber seien wir mal ehrlich, wer hustet sich bei seinem ersten Glimmstängel nicht die Lunge aus dem Leib? Inzwischen war ich allerdings auf den Geschmack gekommen, Zweikämpfe gegen Mädchen zu bestreiten, mich mit meinesgleichen zu messen. Keine Frage, ich brauchte unbedingt »mehr von dem Zeug«.

Mein fortgeschrittenes Alter zwang mich ohnehin, mir allmählich Gedanken um meine sportliche Zukunft zu machen. Klar, mit einer Ausnahmegenehmigung hätte ich bei den Jungs gut und gern noch in der C-Jugend mitspielen dürfen. Aber wollte ich das überhaupt? Zusehen, wie mich Mutter Natur brutal überrollte und mir peu à peu die Lust am Fußball nahm?

Vom sportlichen Standpunkt aus betrachtet, machte es für mich gar keinen Sinn, meine Zelte vorzeitig bei den Jungs abzubrechen und in einer weiblichen U16 anzuheuern. Durchsetzungsvermögen und Zweikampfhärte lernte ich bei den Burschen nun einmal am besten. Warum also überkam mich überhaupt dieses Bedürfnis, in eine Mädchentruppe zu wechseln? Ich mein, ich hatte in meiner Kindheit mit der weiblichen Zunft nicht viel am Hut gehabt.

Wenn ich es mir recht überlege, gab es nur meine beste Freundin Jule, die regelmäßig die Frauenquote an meinen Geburtstagsfeiern minimal erhöhte. Nein, anstatt die Flinte ins Korn, sollte ich den Jungs lieber den Fehdehandschuh ins Gesicht werfen und mich der Herausforderung mindestens eine weitere Saison stellen.

Die Rückrunde begann, und ich versuchte, mein Hirngespinst zu ignorieren, das sich seit dem Hallenturnier immer feinmaschiger in meinem Kopf ausbreitete. Und dennoch, in mir wuchsen anhaltend ernste Zweifel, dass ich in Zukunft meinem Team eine Hilfe sein würde.

Auweia! Was, wenn mich am Ende ein ähnliches Schicksal ereilte wie das Überbein am Knöchel meiner Großmutter? Trotz seiner Anomalie stieß Omis Körper den Auswuchs lange Jahre nicht ab. Er akzeptierte den Knubbel sogar als einen Teil von ihm, da keine wesentlichen Beschwerden auftraten. Doch dann bereitete dieser aufgrund von Überbeanspruchung plötzlich Probleme, entzündete sich, war ständig gereizt und rief schließlich sogar funktionelle Störungen hervor.

Ich befürchtete, den Lauf meiner Mannschaft genauso zum Hinken zu bringen wie solch ein schmerzhafter Fersensporn den Abrollvorgang eines Fußes. Vermutlich war es wirklich am sinnvollsten, einen frühen Cut zu machen. Den überschüssigen Knorpel einfach zu entfernen, bevor der Entzündungsherd noch den ganzen Knochen infizierte. Wahrscheinlich wäre unter einer Lokalanästhesie die ganze Prozedur überhaupt nicht schmerzhaft – zack, einmal den

Meißel angesetzt, und der Störenfried wäre mir nichts, dir nichts abgetragen. Doch war ich tatsächlich schon bereit für einen solch radikalen Schnitt?

Es war ja nicht so, dass ich mich bei den Jungs völlig fehl am Platz fühlte oder mich niemand mehr haben wollte. Ganz im Gegenteil. Ich fühlte mich manchmal sogar so gut behütet wie Schneewittchen bei den sieben Zwergen. Ich gönnte mir zwar keinen Happen von ihrem Tellerlein, nippte ein Schlückchen Wein aus ihrem Becherlein oder stahl dem siebten gar sein Bettelein. Dafür aber nahm ich jedes Mal, wenn ich in der Anfangsformation stand, einem meiner Mitstreiter seinen Platz in der ersten Elf weg. Und trotzdem setzten sie mich nicht kurzerhand einfach vor die Tür, sondern gaben sogar auf eine gewisse Art und Weise, ganz ähnlich wie die Zipfelmänner im Brüder-Grimm-Klassiker, auf ihr Mädchen acht, indem sie mir auf dem Fußballfeld den Rücken freihielten oder mich lautstark vor drohenden Blutgrätschen warnten. Und das Beste: Ich sollte als Gegenleistung für ihre Fürsorge nicht einmal wie Schneewittchen für die Knappschaft den Kochlöffel schwingen und den Boden blank putzen, sondern meine Jungs lediglich mit präzisen Pässen in den Lauf füttern.

Wie ihr seht, gab es vielerlei Argumente, die für oder gegen einen Wechsel zu den Mädchen sprachen. So langsam musste ich eine Wahl treffen, schließlich befand sich die laufende Saison bereits auf der Zielgeraden. Da kam mir der ansässige Frauenbundesligist gerade recht, der inzwischen auf mich aufmerksam geworden war und versuchte, mir meine Entscheidung mit betörender Zukunftsmusik abzunehmen.

Hartnäckig wie ein Manndecker des aussterbenden Typus »Ich-verfolge-meinen-Gegenspieler-sogar-bis-aufs-Klo« probierte meine zukünftige Trainerin einen akustischen Symbiont mit dem Refrain:

*»Hacke, Spitze, eins-zwei-drei,
bei uns wird dein Passspiel fehlerfrei,
die Bundesliga wartet schon
auf ihre neue Attraktion«*
in meinen Gehörgang einzupflanzen.

Ihr Vorhaben ging auf. Das Hörspiel summte mich ab sofort jede Nacht in den Schlaf und schickte mich auf sanfteste Art und Weise in das Land der Träume. Ich musste, um eine Entscheidung zu fällen, also nur meiner inneren Stimme folgen – oder besser gesagt: der Stimme meines Flohs im Ohr.

11 Die Schuhe einer Frau

Was ist eigentlich das Tückische an einem Sonnenbrand? Richtig, er kommt manchmal erst Stunden später zum Vorschein. Den ganzen Tag rekelt man sich im knappen Bade-Outfit am Strand, lässt sich von UV-Strahlen »berieseln«, und abends in der Dusche kommt es einem beim Einseifen plötzlich so vor, als massiere man sich statt Shower-Gel eine ätzende alkalische Lösung in die brennende Haut. Als ich mich von meinen Jungs am Saisonende verabschiedete, reagierte mein Körper genauso wie bei Sonnenbrand: Der Schmerz kam mit Verspätung.

Meine Mannschaft schenkte mir nach unserem letzten gemeinsamen Training ein Buch, in dem jeder meiner Mitspieler eine schriftliche Laudatio an mich hielt. Ich schien manchem Kerlchen wirklich ans Herz gewachsen zu sein. Schließlich bin ich es gewesen, die ihren ureigensten männlichen Beschützerinstinkt geweckt hatte.

Lediglich Achim zog es vor, mir statt Glück und Lob lieber seine persönlichen Fußballgebote, bei dem »Fußball ist kein Nonnenhockey« natürlich nicht fehlen durfte, mit auf den Weg zu geben. Erst als ich zu Hause längst im Bett lag, merkte ich den hohen Wasserstand, der im Laufe der letzten Trainingseinheit hinter meinen Augäpfeln angestiegen war und wie das Salzwasser plötzlich meine Pupillen wie Atolle in der Südsee überflutete.

Was ist das Zweite, das Sonnenbrand so tückisch macht? Genau, auch wenn der erste Schmerz schnell verfliegt – After-Sun-Creme und Quarkwickel sei Dank –, deine Haut vergisst nie. Sie merkt sich jeden Sonnenstrahl, der sie in ihrem Leben gekitzelt hat. Jahrelang ärgert sie sich über die unfreiwillige Bestrahlung, bekommt dadurch im Alter Kummerfalten, oder schlimmer, mutiert sogar zum »Bösen«.

Meine Niedergeschlagenheit, die mich nach meinem Abschied so beharrlich begleitete wie Seitenstechen in der Sommervorbereitung, verflog im gleichen Maß so schnell wie ein akuter Sonnenbrand. Vergessen habe ich meine erste Fußballmannschaft trotzdem nie. Wie meine Haut sich an jede Rötung, erinnere ich mich heute an so gut wie alle Partien, die ich mit meinen Jungs bestritten habe.

Ich rufe mir Spielsituationen zurück ins Gedächtnis, als lägen sie erst neunzig Minuten zurück – als sei mein Kinderhirn ein Flashspeicher gewesen, das zwar klein, dafür aber eine ungleich größere Stückzahl an Informationen bunkern konnte. Inzwischen ist mein Gedächtnisapparat zwar bestimmt im Durchmesser größer, verfügt erstaunlicherweise aber keineswegs über mehr Speicherkapazität, gleicht also eher einer Schallplatte.

Und was ist das dritte Übel an Sonnenbrand? Korrekt, ein Großteil der Zellen in der obersten Hautschicht stirbt nach einer Weile ab, und man beginnt sich zu pellen. Keine schöne Angelegenheit übrigens, wenn man beim Abendessen über den Tisch greift und dabei aus Versehen seinem Nachbarn »Parmesanflocken« über die Nudeln raspelt.

Um den Kontakt zu meinen ehemaligen Mannschaftskameraden war es ähnlich bestellt. Die sich über Jahre entwickelten Freundschaften fingen nach nur wenigen Monaten an zu bröckeln wie Hautlappen, die zu viele UV-Strahlen abbekommen hatten. Am Anfang versuchte ich noch, gegen das »Abhäuten« anzugehen, und legte bei den Jungs regelmäßig eine extra Einheit ein. Nach einem halben Jahr stellte ich selbst diese Maßnahme ein und begann mich mit dem Gedanken anzufreunden, etwas Neues zu beginnen.

Ich verhielt mich die ersten Wochen nach meinem Abschied ganz ähnlich wie ein junger Hüpfer, der seine erste große Liebe verlassen hatte. Als erstes verpasste ich mir eine neue Frisur. Doch während die meisten Frauen nach einer Trennung Altes metaphorisch gern abschneiden, blieb mir aufgrund meines bereits bestehenden Kurzhaarschnitts zunächst nur die Möglichkeit, meinen Pilzkopf mit einem Mittelscheitel aufzumotzen.

Danach mistete ich aus – und zwar nicht etwa meine Klamotten, sondern meine Trickkiste. Ehrlich gesagt, war mein gesamtes, über die Jahre angehäuftes geistiges Kapital über die »molekulare Mimikry« eh nur noch brotlose Kunst. Also sagte ich der Vagina-Finte, die sich wahrscheinlich sowieso gegen Mädchen als unbrauchbar erwiesen hätte, kurzerhand Lebewohl und konzentrierte mich ab sofort lieber auf geschlechtsunspezifische Täuschungsmanöver.

Nachdem ich mir einen frischen Frisur- und Spielstil gegönnt hatte, fehlte zu guter Letzt nur noch eins, um als heranwachsende Frau im wahrsten Sinne des Wortes den ersten Schritt in einen nächsten Lebensabschnitt zu begehen: neue Schuhe! Damit meine ich nicht diese dem Hintern schmeichelnden Stilettos oder extravagante Pumps.

Nee, nee, nee, ein Absatz unter der Sohle reichte mir nicht. Mein neues Modell sollte mindestens zehn Erhöhungen in Form von Nockenstollen aufweisen, um meinen Anforderungen zu genügen. Allerdings gab es noch weitaus mehr Kriterien, auf die ich bei meinen zukünftigen Fußkokons Wert legte. Ein ernst zu nehmender Kandidat auf die bei mir frei gewordene Extremitäten-Stelle musste weitaus mehr »soft skills« mitbringen als Standfestig- und Bodenständigkeit. Um mich nachhaltig zu beeindrucken, gehörte insbesondere ein gepflegtes Äußeres dazu. Beim ersten Treffen sollte zumindest die Krawatte, sprich die Zunge über den Schnürsenkeln, adrett sitzen und mit dem restlichen Anzug farblich harmonieren. Besonders sympathisch empfand ich ein Gesamtoutfit eher zurückhaltender, konventioneller Natur. So galt für mich das »kleine Schwarze« nicht nur in der Kleiderbranche als Inbegriff von Stil und Eleganz.

Doch auch weiße Arbeitsgeräte besaßen ihren gewissen Charme, denn bei keiner anderen Farbe erkannte ich die harte Arbeit, die der Schuh neunzig Minuten lang verrichtet hatte, detaillierter – und das machte ihn ähnlich anziehend wie einen oberkörperfrei schuftenden Bauarbeiter.

Mit diesem futuristischen, neonfarbenden Schuhwerk, das vielmehr an grellleuchtende, hautenge Leggings aus den späten Achtzigerjahren erinnert, konnte ich hingegen nie etwas anfangen. Geschweige denn mit diesem allerneuesten Trend hin zur abgemagerten High-Tech-Fußbekleidung. Heutzutage bringen nämlich nicht mehr nur Models auf dem Laufsteg, sondern auch manche Treter gerade mal ein paar hundert Gramm auf die Waage. Neben diversen Unterwäschelabels setzt auch die Sportbranche auf einen »Hauch von

Nichts« und verspricht den Athleten mit diesen bunten Polyesterschlappen, die sich wie Neoprenanzüge um die Zehen schmiegen, höhere Laufgeschwindigkeit und bessere Ballkontrolle.

Aber seien wir mal ehrlich: Entweder du besitzt diese hohe Anzahl schneller Muskelfasern in den Beinen oder nicht. Mich hätte selbst das stromlinienförmigste Leichtgewicht von Schuh auf keinen Fall zu einem D-Zug transformiert.

Wie dem auch sei, ich stillte meinen »Liebeskummer« nach der Trennung von meinen Jungs ganz ladylike mit einem schönen, neuen Paar Fußschneckenhäusern. So sehr ich meine zähen »Italiener« auch schätzte, meine Füße brauchten dringend einen neuen Anstrich. Um mich zur Abwechslung einmal von der »einheimischen Küche« zu überzeugen, entschied ich mich diesmal für eine weniger exotische Marke und blieb dieser sogar bis zum Ende meiner Laufbahn treu. Die Streifentapete war nicht mehr von meinem Außenriss abzulösen.

Meine Lieblingsexemplare trug ich übrigens, zum Ärger meines damaligen Trainers, über drei Spielzeiten lang – trotz ihrer »klaffenden Wunden« am Spann. Ich brachte es einfach nicht übers Herz, ihnen an einem regnerischen Sonntagmorgen ein Schlammbad zu verwehren. Dafür nahm ich die nassen Socken gern in Kauf.

Meine Langzeitarbeiter besaßen sogar Namen. Der linke hieß Guido und der rechte Buchwald, so wie der ehemalige deutsche Nationalspieler, der als Vorstopper für filigrane Spielmacher nervtötender als ein Sandkorn in der Unterhose sein konnte.

Warum diese Titulierung?

1. Durch ihre schräg angeordneten Schnürsenkel erinnerten sie mich immer an die ebenfalls etwas asymmetrischen Gesichtszüge des damaligen Stuttgarters.

2. Wie Buchwald, das personifizierte Streusalz, das sogar die zündenden Ideen eines Diego Maradona bei der WM 1990 mit trockenstem Zweikampfverhalten im Keim erstickte, fielen meine Treter nie sonderlich auf. Heimlich, still und leise erfüllten sie ihren Zweck. Ganz ähnlich wie der kompromisslose Sechser, der stets im Schatten von Lothar Matthäus die Drecksarbeit verrichtete. Gut möglich, dass die schillernden Hightech-Flitzer meine konventionellen Lederpantoffeln rein optisch überstrahlten. Doch am Ende erwies sich kein Paar widerstandsfähiger als meine.

Paradoxerweise pflegte ich als Mädchen meine Fußballschuhe übrigens regelmäßiger als meine Fingernägel. Während sich unter den Keratinplatten an meinen Händen stets Dreck vom ständigen Gegrätsche versteckte, war meine Bereifung, zumindest vor Spielansetzungen, stets auf Hochglanz poliert.

Wie ihr wisst, lieben Fußballer – ob männlich oder weiblich –Rituale. Der eine betritt das Spielfeld stets mit dem gleichen Fuß zuerst, und der andere versucht bis zur nächsten Niederlage hartnäckig seinen bemitleidenswerten Oberlippenflaum in einen Vollbart zu verwandeln. Ich hingegen gehörte zu den sogenannten Putzteufeln.

So bekamen meine Treter vor jeder wichtigen Partie ein wahres Verwöhnprogramm serviert, in der Hoffnung, dass sie es mir mit besonderen Grip für den Ball dankten. Zuerst gab es ein Ganzkörperpeeling mit der Kratzbürste, um sämtlichen Hautunreinheiten den Garaus zu machen. Danach eine wohltuende Kopf-bis-Fuß-Massage mit Schuhcreme, die zum einen tiefen Falten vorbeugte und zum anderen den Teint auffrischte. Und *last but not least* polierte ich die Jungs so lange mit einem Nylonstrumpf, bis ich mich selbst auf dem Spann widerspiegelte.

Dieser Brauch hatte nicht nur für mein am Ende glanzgebürstetes Fußballerhandwerkszeug etwas Reinigendes. Ich wusch insgeheim all meine Gurkenpässe und Bogenlampen, die mir im vergangenen Training unterlaufen waren und im Hinterkopf verweilten, buchstäblich hinfort und ging dadurch viel unbeschwerter in die nächste Partie.

Sicher, auch ein paar schnittige Bananenflanken und Lattenkracher fielen der Frischekur zum Opfer, aber Achim hatte mir ja immer nahe gelegt, mich nicht auf meinen Lorbeeren auszuruhen.

Eine weitere Gepflogenheit, die ich mir vor kommenden Partien angewöhnte, war das »Sohlenlesen« – eine Art Kaffeesatzlesen, nur nicht mit getrockneten Mokkaresten in der Tasse, sondern mit hängengebliebenen Erdkrümeln zwischen den Stollen. Bevor ich also meine Botten für das Match präparierte, wagte ich zunächst einen Blick unter das Fußkleid, um die angepappte Schmutzkonstellation zu deuten, die trotz des obligatorischen Schuhausklopfens hartnäckig an der Sohle festsaß.

Ich weiß, das klingt jetzt ziemlich esoterisch. Aber wer hatte nicht diese Phase, in der die persönliche Gemütslage erheblich vom allwöchentlichen Horoskop der *Bravo* abhing? Ich glaubte auf jeden Fall, in den Grasfetzen und Lehmklümpchen etwas lesen zu können, sei es Sieg oder Niederlage, Eigen- oder Siegestore oder gar ein erhöhtes Risiko, im bevorstehenden Spiel getunnelt zu werden.

Was übrigens beim Tarot die Karte »Tod« waren beim Sohlenlesen blanke Stollenzwischenräume. Eine tipptopp saubere Unterseite bedeutete nämlich so viel wie Verlust, »Loslösung von alten Bindungen« oder einen bevorstehenden transformatorischen Prozess.

Und jetzt ratet mal, was ich vor meinem letzten Spiel mit meinen Jungs unter meinen Schuhen fand? Richtig, rein gar nichts!

Wow, anscheinend war ich tatsächlich ein gottverdammtes Medium.

12 So ein Käse

Die erste Trainingseinheit mit meinen Geschlechtsgenossinnen schmeckte mir wie fettreduzierter Käse. An und für sich handelte es sich auch um Fußball, es war nur eine leichtere Variante, bei der der Genuss weitgehend auf der Strecke blieb. Ob während der Zweikampfschulung oder des Abschlussspielchens: Ganz nach dem Motto »Du darfst« ließen mich einige meiner neuen Mitspielerinnen ohne jeglichen Widerstand durch die löchrige Abwehrformation spazieren.

Nicht nur das Defensiv-, auch das Angriffspotenzial befand sich im Vergleich zu dem, was ich von den Jungs gewohnt war, auf der Magerstufe. So wie fettarmen Camembert Trägerstoffe für Aromen fehlen und er deswegen solch eine fade Note besitzt, gab es in meiner neuen Truppe ebenfalls nur wenige Spielerinnen, die es fertig brachten, den Ball für eine Dribbeleinlage über mehrere Meter »zu binden«, sodass es einem auf der Zunge zerging.

Mein »erstes Mal« unter Mädchen bereitete mir solch starke Bauchschmerzen, als litte ich unter Laktose-Intoleranz. Nach neunzig Minuten »Qualen« zu Hause angekommen, weinte ich mir im Schoss meiner Mutter die Tränensäcke leer und spie Gift und Galle. Ich befürchtete, dieses Negativerlebnis würde in einer Art Aversion gegen Frauenfußball münden, die mich ab sofort nur bei dem Gedanken an die nächste Trainingseinheit übel aufstoßen ließe. Insgeheim sah ich mich sogar schon meine Fußballschuhe im Garten zwischen den Gräbern meiner gestorbenen Meerschweinchen beerdigen.

Doch wider Erwarten trat bei mir stattdessen der sogenannte *mere exposure effect* ein. Ich hatte mir den Geschmack des Mädchenfußballs quasi antrainiert und arrangierte mich mit der weitaus geringeren Leistungsdichte. Genauso wie Kinder demnach ihren angeborenen Ekel vor Bitterstoffen im Lauf ihres Lebens verlieren, entschwand bei mir mit der Zeit der herbe Nachgeschmack meiner ersten Trainingseindrücke. Ich merkte, dass »fettreduzierte« Milch durchaus qualitativ hochwertig sein kann, hatte man sich erst einmal an ihre Eigenheiten gewöhnt.

Gewiss, so wie der Anteil der fettlöslichen Vitamine A und D im Gouda mit jedem Prozent weniger Fett schwindet, fehlt auch dem weiblichen Kick im Vergleich zum Männerfußball heute der eine oder andere essenzielle »Nährstoff«. Kraft, Explosivität oder Rasanz sind im Frauenbereich sicherlich naturbedingt in weitaus geringerer Dosis vorhanden. Dafür liefert die Fußball-Light-Version eine mindestens ebenso üppige Portion an technischer Raffinesse, Leidenschaft und taktischem Verständnis; schließlich bleibt im Käse trotz Fettreduktion auch der Gehalt an Eiweiß, Vitamin B und Kalzium der gleiche.

Ich gebe zu, selbst mich als Frau überkommt beim Konsum der weiblichen Variante des öfteren das Gefühl, eine Vollkornstulle mit Rohkostbeilage zu verzehren: Nach nur wenigen Happen bin ich gesättigt, und Heißhunger-Attacken bleiben zumeist aus.

Wie schwer verdauliche Ballaststoffe im Verdauungstrakt verweilt das runde Leder beim Frauenfußball oftmals genauso eine gefühlte Ewigkeit im zentralen Bauch des Spielfeldes, bevor es zu einem gefährlichen Steilpass weiterverarbeitet und bestenfalls über die Torauslinie »ausgeschieden« wird. Dieses Mittelfeldgeplänkel liegt einem manchmal wirklich schwer im Magen.

Das heißt nicht, dass mir die weibliche Interpretation des deutschen Volkssports Nummer 1 überhaupt nicht mundet; sie befriedigt mich nur nicht ausreichend genug. Im Gegensatz zu einer Ladung Männerfußball. Die wirkt auf meinen Organismus wie eine verführerische Chipstüte: Jeder Happen macht Hunger auf mehr und lässt meinen Insulinspiegel samt Glücksgefühle in die Höhe schießen.

An und für sich ist gegen eine ausgewogene Ernährung ja nichts einzuwenden. Sie mag anfangs vielleicht etwas öde daherkommen und für manch einen kaum auszuhalten sein. Doch längerfristig betrachtet, tut es dem Körper gut, wenn zur Abwechslung mal andere Geschmacksknospen stimuliert werden. Aus diesem Grund empfehle ich jedem Fußballfeinschmecker: Schauen Sie ruhig ab und an über den Tellerrand hinaus und genehmigen Sie sich eine Kostprobe. Sie werden überrascht sein, was für kulinarische Leckerbissen auf Sie warten.

Etwas überspitzt formuliert, Frauenfußball hat den Charme frittierter Heuschrecken und muss sich mit ähnlichen Vorurteilen herumschlagen: Obwohl hierzulande kaum jemand weiß, wie die Insekten tatsächlich schmecken, dreht sich bei vielen allein beim Gedanken an die Biester der Magen um. Dabei sollen die Viecher angeblich den Gaumen genauso kitzeln wie die fettigen Kartoffelscheibchen aus der Tüte und dabei zusätzlich eine Extraportion Proteine liefern.

Zurück zum Wesentlichen. Ich begann mich von Woche zu Woche in meiner neuen Mannschaft wohler zu fühlen. Die Sommerferien endeten und somit die Zeit, in der wir uns beim Training lediglich zu fünft die Pille zuschoben. Inzwischen zeigte sich unser Kader wieder komplett, und ich war überrascht, wie viel Talent die eine oder andere Spielerin mitbrachte.

Zum Beispiel Nadine, die wie ich das Fußball-Einmaleins in einer Jungenmannschaft erlernt hatte und nun altersbedingt bei den Mädchen durchstartete. Mit ihr assoziierte ich immer ein Schweizer Taschenmesser, da sie für die Abwehr alle effektiven Überlebenswerkzeuge nahezu in Perfektion vereinte: Mit der guten alten Beinschere schnitt sie den Attackierenden den Weg ab, die scharfe Klinge kam zum Einsatz, wenn taktisch bedingt notfalls ein Angreifer schleunigst umgelegt werden musste, und ihre Sägeblätter trennten Ball und Gegner sauberer voneinander als die zackige Gerätschaft einen Baumstamm vom Stumpf. Vielseitiger konnte eine Defensivkraft ihre langen Gräten wirklich nicht einsetzen.

Unsere Hintermannschaft schirmte mit Nadine als Chefin das Tor sicherer ab als Sunblocker meine sommersprossige Nasenspitze. Während Sonnencreme meinem Näschen lediglich einen zeitlich begrenzten Schutz vor aggressiven UV-Strahlen bot, hielt unsere Abwehrformation oft bis zum Schlusspfiff allen gegnerischen Angriffen stand.

Neben Nadines Defensiv-, waren auch ihre Offensivqualitäten nicht von schlechten Eltern und erfüllten stets die Etikette unserer Angriffsriege. Zielstrebig kurbelte sie unser Spiel nach vorn an und holte zur Abwechslung statt Säge, Klinge oder Schere dann auch einfach mal »den Hammer raus«, wie ein Sportreporter von der Stange gern zu formulieren pflegt.

Unser Sturm bot weniger messerscharfe Multifunktionswerkzeuge, dafür aber eine »süße Verführung« namens Kristin. »Süß« nicht etwa wegen ihrer makellosen Stupsnase, die gut und gern als »Wunschriecher« in Schönheits-OP-Katalogen hätte auftreten können. Es war die Art und Weise, wie sie Manndeckerinnen reihenweise aussteigen ließ. Dabei ging sie ähnlich gerissen zu Werke wie künstlich hergestellter Süßstoff im menschlichen Körper, der den Sinneszellen auf der Zunge mit seinem gekünstelten, zuckrigen Geschmack vorgaukelt, eine Kalorienbombe zu sein.

Kristin düpierte ihre Gegenspielerinnen, indem sie sich als etwas ausgab, was sie nicht war: eine lauffaule Socke. So hielt sie sich meist unmittelbar vor dem Sechzehner auf, als wäre sie eine Kugelstoßerin, die ihren Stoßring nicht verlassen darf, und wartete, bis ihre Gegenspielerinnen entweder einschliefen oder begannen, mit dem Löwenzahn um die Wette Wurzeln zu schlagen. Indem sie scheinbar teilnahmslos übers Feld schlich, langweilte sie die Verteidigerinnen regelrecht zu Tode, bevor sie schließlich mit einem unerwarteten Sprint in die Gasse explosionsartig den großen Wurf landete.

Die gewisse Kaltschnäuzigkeit vor dem Tor besaß Kristin also durchaus, die typische Statur für eine robuste, kopfballstarke Strafraumstürmerin weniger. Ihre Größe reichte nicht einmal aus, um im Kiosk an die Schmuddelhefte ranzukommen, geschweige denn, hereinflatternden Flanken einen »Stirni« zu verpassen.

Allerdings kamen zu dieser Zeit bei uns scharf getretene, präzise Flugbälle Richtung Tor ohnehin recht selten vor. Nicht etwa, weil wir die falsche Schusstechnik anwandten oder zu wenig Muckis in den Beinen hatten. Nein, ich war der festen Überzeugung, dass die Pubertät da mal wieder ihre Finger im Spiel hatte.

Oder wer, bitte schön, war sonst dafür verantwortlich, dass wir zwölfjährigen Mädchen uns plötzlich mit völlig verschobenen Körperproportionen herumschlagen mussten? Ich mein, da waren mit einem Mal ganz andere Neigungswinkel und Schwerpunkte zu beachten, um die Kugel adäquat in die Lüfte zu bugsieren.

Kein Wunder, dass anfangs die eine oder andere meiner »Leidensgenossinnen« mit ihrem über Nacht entsprungenen, gebärfreudigen Becken Probleme hatte, präzise Flanken zu schlagen. Aber ein ambitionierter Golfer braucht schließlich auch seine Zeit, bis er den »Driver« – einen voluminösen, birnenförmigen Schläger speziell für weite Distanzen – sinnvoll einzusetzen vermag.

Einen Vorteil haben Möchtegern-Tiger-Woods den Fußball spielenden Mädchen gegenüber allerdings: Wenn sie vom sogenannten Holz die Nase voll haben, können sie einfach zu einem leichter zu händelnden Eisen greifen. Uns heranwachsenden Damen blieb dagegen gar nichts anderes übrig, als uns mit den ausladenden Beckenschaufeln von Mutter Natur anzufreunden. Und siehe da, mit ein wenig

Übung und Geduld hatten wir bald den Dreh raus, wie man mit den Dingern zielgerichtet umgeht.

Obwohl wir nun durchaus in der Lage gewesen wären, ein brutales »Kick and Rush«-Festival auf dem Platz zu veranstalten, versuchten wir stattdessen lieber, ein typisch spanisches Tiki-Taka aufzuziehen. So lautete unsere Devise: mit schnellem, direktem Kurz- und Langpassspiel den Gegner zur Weißglut bringen.

Leider sah unsere Interpretation des Tiki-Taka eher wie ein Tuk-Tuk aus. Denn mehr Fahrt als die gleichnamigen, im asiatischen Raum weit verbreiteten Autorikschas nahm unser Offensivspiel, ehrlich gesagt, nicht gerade auf.

13 Ein Wald aus nackigen Beinen

Ich gebe zu, ich erlag regelrecht einem Kulturschock, als ich erstmals bei den Mädchen unter die Dusche springen sollte. Schließlich hatte ich meine ganze Kindheit weitgehend mit Jungs verbracht, egal, ob auf oder abseits des Fußballplatzes. Jetzt gab es kein Sackhüpfen oder dergleichen mehr. Stattdessen rasierte sich die eine lieber die Beine im Waschbecken, die andere tuschte daneben ihre Wimpern an, und siehe da: Die Schamhaare waren wieder verschwunden.

Eine Mädchenumkleide stellte in meinen Augen ein vollkommen anderes Ökosystem dar. Hier fühlte ich mich manchmal wie im Urwald: Die Duschen rauschten wie ein Wasserfall, und das Geschnatter meiner Mannschaftskameradinnen sowie das Quietschen der Badelatschen hätten auch gut dem Schnabel eines Singvogels entstammen können.

Während wir uns wuschen, ballte sich die feuchtwarme Luft in der Atmosphäre in zunehmend dichteren Wolken zusammen. Wie in höheren, tropischen Gebirgsregionen umhüllte dicker Nebel die kahle Venushügellandschaft und den Wald aus nackigen Beinen. Auf dem Boden wirkten die mit den Stollenschuhen hereingetragenen Gräser wie ein Teppich aus Moos.

Selbst die für einen Regenwald charakteristische üppige Artenvielfalt war in unserem Team-Habitat gegeben. Ob Igelfrisuren, Löwenmähnen, schnatternde Gänse, dickhäutige Elefanten oder sogar verliebte Turteltauben, wo man auch hinsah, kreuchte und fleuchte es gewaltig.

Allein der chemisch-klebrige Geschmack von Haarspray, der sich ständig auf meiner Zunge ausbreitete, wenn die ganze Meute sich die Haare frisierte, war das Einzige, was nicht so richtig in die Urwaldatmosphäre passen wollte. Wie beißender Qualm, der bei Brandrodungen entsteht, durchkämmte der Feinstaub aus den Sprühdosen klammheimlich unsere Lungenflügel und trug bestimmt seinen Teil zum Treibhauseffekt bei.

Dennoch hatte unsere Umkleidekabine für mich etwas von einer Oase. Manch einer hört zur Entspannung gern dem Meeresrauschen oder Vogelgezwitscher zu. Ich hingegen schloss, um runterzukommen, manchmal in der Kabine einfach die Augen und lauschte dem Klackern der Stollen auf den Fliesen – ein wunderbar beruhigendes Geräusch.

Unser Teamgefüge spiegelte weniger das romantische Abbild von elf Freundinnen wider, sondern vielmehr das eines Ökosystems, in dem jede einzelne Spielerin ihre persönliche »Nische« bilden musste, damit das Zusammenspiel funktionierte. Klingt kompliziert?

Nehmen wir zur Veranschaulichung ein Beispiel aus der Tierwelt: Spechte und Goldhähnchen besetzen ein- und denselben Lebensraum und ernähren sich zudem von den gleichen Insekten. Trotzdem bringen die Flattertiere es fertig, wunderbar nebeneinander in einem Umfeld zu existieren, da sie bezüglich der Nahrungsbeschaffung unterschiedliche Strategien heranziehen. So pickt der Specht sein Frühstück einfach aus der Rinde des Baums, und das Goldhähnchen sucht sich seine Häppchen auf den Zweigen. So kommt keiner dem anderen in die Quere.

Mit unserem Angriffsduo Kristin und Steffi verhielt es sich ähnlich. Beide betrachteten den Sechzehner als ihr Jagdterritorium und stillten ihren Hunger mit Toren. Da sich die beiden in ihrer Spielweise jedoch stark unterschieden, nahmen sie sich ihr Futter nie gegenseitig weg. So konzentrierte sich Steffi aufgrund ihrer Körpergröße und Robustheit vorzugsweise auf Flugbälle, und Kristin übernahm entweder den Part der Abstauberin im Fünfmeterraum oder verarbeitete die Bälle im Dribbling.

Sportexperten mögen diese Strategie simpel als »sich ergänzen« bezeichnen. Ich hingegen ziehe »Nischenbildung« vor; klingt irgendwie animalischer.

Apropos Urwaldfeeling! Mein neues Team verpasste mir anfangs den Spitznamen *Moglie*. Wie der kleine Junge im *Dschungelbuch*, der von einem Wolfsrudel aufgezogen wurde, musste auch ich mich in meiner neuen Umgebung erst einmal zurechtfinden und von der Mädchenmeute über die weiblichen Sitten aufgeklärt werden.

Nach meiner langjährigen Abstinenz vom weiblichen Geschlecht hatte ich schließlich ordentlich Nachholbedarf, was die Sprache und Gesetzgebung der Frauen betraf. Mithilfe eines Crashkurses holte ich aber im Nu alle Defizite innerhalb weniger Wochen auf und konnte alsbald zu jeglichen Mädchenthemen meinen Senf in adäquater Ausdrucksweise dazugeben.

Das Erste, was ich lernen musste, war meine Zunge zu zügeln. Hier musste ich gehörig aufpassen, was ich meinen Mitspielerinnen während einer hitzigen Partie so an den Kopf warf. Da sind Jungs auf jeden Fall unempfindlicher.

Ich mein, was auf dem Platz passiert, sollte doch spätestens nach dem gemeinsamen Einseifen unter der Dusche wieder vergessen sein, oder?

Nichts da. Frauen gleichen in diesem Punkt leider einem Vergissmeinnicht. So ausdauernd wie diese Blume nämlich Blüten trägt, wechselte manch Mitspielerin, die ich im Eifer des Gefechts zu heftig angepflaumt hatte, kein Wort mehr mit mir.

Für mich jedoch gehören garstige Ausdrücke zu einem Fußballspiel genauso wie Notbremsen: In manchen Situationen sind sie unabdingbar. Sie tun zwar das eine oder andere Mal weh, stellen sich aber meist als äußerst effektiv heraus, selbst wenn die Konsequenzen einen herben Beigeschmack haben.

Ich gebe zu, am Anfang wartete mein Mundwerk mit einem Feingefühl eines Carsten Ramelow auf. Verbalattacken glitten mir aus dem Mund wie dem einstigen deutschen Spielverschlepper Bälle vom Fuß. Erst mit ein wenig Erfahrung bekam ich ein Gespür dafür, wann eine meiner Nebenfrauen einen mündlichen Tritt in den Hintern benötigte oder ich lieber gute Miene zum »bösen Spiel« machen sollte.

Obwohl meine »Zungenschüsse« meistens dort einschlugen, wo sie sollten, gewöhnte ich mir an, nicht mehr aus jeder erdenklichen Lage einfach drauflos zu feuern. Ein unspektakulärer Querpass, respektive Querverweis, tat es oftmals auch. Ich zügelte in bestimmten Momenten also meine Schnute, wie ein guter Regisseur auf dem Feld ab und zu das Tempo aus dem Spiel nimmt, und wählte meine Worte mit Bedacht.

14 Die Telegrafistin

Irgendwie erinnerte mich der Name meiner neuen Trainerin immer an ein Kotelett. Dabei hatte Colette rein gar nichts mit solch einem Stück Fleisch gemeinsam. Während ein Kotelett bekanntlich einen anständigen Fettrand und etwas Speck zwischen den Muskeln aufweist, hatte meine durchtrainierte Balllehrerin kein Gramm »Kälteisolatoren« zu viel auf den Rippen. Wenn man so will, kam sie einer Kreuzung aus einer wohlproportionierten Bodybuilderin und dem ehemaligen 1860-Coach Werner Lorant ziemlich nah.

Ihre blond getönten Haare waren vielleicht nicht so silbern wie der flauschige Swiffer-Staubmagnet auf dem Haupt des einstigen Schleifers; dafür wiesen sie eine ähnliche Struktur und Länge auf. Auch ihre bronzefarbene Haut erinnerte stark an die vom Zigarettendunst und Sonneneinstrahlung gezeichnete Oberschicht der quarzenden Trainerikone. Na ja, und die Fluppe in der Hand stand ihr im Trainingsanzug mindestens genauso gut. Zumindest sahen wir sie nie, wie den wütenden Lorant, während eines Spiels mit dem Glimmstängel um die Wette qualmen.

Ihre Aufregung kompensierte sie stattdessen lieber, indem sie ihre strammen Waden in bestimmtem Rhythmus an- beziehungsweise entspannte, sodass ihre Beine eine Art Morsecode übermittelten.

Wann immer ich eine Verschnaufpause auf der Ersatzbank einlegte, schenkte ich den Signalen unserer Trainer-Telegrafistin meine volle Aufmerksamkeit. Colettes tanzende, fleischgewordenen Morsetasten zogen mich bisweilen mehr in den Bann als unser Rumgeeiere auf dem Spielfeld.

Wer kann schon von sich behaupten, unter einer Trainerin gespielt zu haben, die lieber ihre Muskelfasern in den Extremitäten ausleierte als ihre Stimmbänder durch ständiges Krakeelen? Ein schönes Privileg, das ich als durchaus angenehm empfand.

Obwohl Colette selbst keine Kinder besaß, konnte man sie als Mutter mit Fulltime-Job bezeichnen. Sie zog uns Juniorinnen nicht nur zu gestandenen Fußballerinnen auf, sondern spielte obendrein selbst in der 1. Bundesliga und durfte als Zubrot beim ansässigen Hauptsponsor malochen. Ihre zahlreichen Mitochondrien, die sogenannten Kraftwerke in den Muskeln, mussten wirklich richtige Arbeitstiere gewesen sein. Jedenfalls wurden sie nie müde, Colettes inneren Akku mit Energie aufzuladen.

Ob ihre Waden deswegen immer so aussahen, als wären sie die pulsierenden Halsschlagadern von HSV-Goalie Frank Rost? Auf jeden Fall imponierte es mir, mit wie viel Leidenschaft sie sich in ihrer wenigen Freizeit um das Ballgefühl aufmüpfiger, pubertärer Gören kümmerte. Ich mein, wir waren bestimmt nicht so pflegeleicht wie ihre fluffige Kurzhaarfrisur, aber anscheinend der Mühe wert.

Auf dem Fußballplatz plötzlich unter der Obhut einer Frau zu stehen, erwies sich für mich anfangs als ziemliche Umstellung. Da half es auch nicht, dass Colette durch ihre pompöse Muskelmasse und knappe Kopfbedeckung durchaus etwas maskulin daherkam. Mir machte ihre Empathie, die sie als Frau uns Spielerinnen stets entgegenbrachte, zu

Beginn fast schon ein wenig Angst.

Manchmal glaubte ich, Colette wäre insgeheim ein trojanisches Pferd, das meine »Festplatte« heimlich auskundschaftete und sich so wichtige Informationen über meinen momentanen, emotionalen Gemütszustand einholen konnte, wann immer ihr danach war. Ihr Einfühlungsvermögen war mir wirklich nicht geheuer. Unter einer Trainerin zu spielen, die sich in mich hineinversetzen konnte, die wusste, wie Frauen ticken, die den Fußball genauso sah wie wir, war etwas völlig Neues für mich.

Bei Achim und Kalle lief das Ganze ein wenig anders ab. Schließlich handelte es sich bei den beiden um Männer, und Männer tun sich nun einmal bekanntlich schwer, das weibliche Geschlecht zu durchschauen. Aber kann ich den beiden deshalb einen Vorwurf machen? Wer versteht schon ein Mädchen, das sich Überraschungseier ins Höschen stopft?

Colettes Feingefühl für uns Mädchen hatte natürlich auch einen gewissen Vorteil. Es heißt ja immer so schön, Trainer müssten eine Art Psychologe sein, um jeden Tropfen Talent, der in seinen Schützlingen steckt, herauswringen zu können. Dazu gehört, sich in die Perspektive der Spielerinnen einzufühlen, um ihre Reaktionen besser nachzuvollziehen. Das geht bei einer Mädchenmannschaft mit einem ordentlichen Kontingent an Östrogen im Blut selbstredend einfacher.

Ob Mann oder Frau, letztendlich war es mir egal, von wem ich auf dem Platz die Leviten gelesen bekam. Ich schätze, das ist genauso wie mit der Frage: manuelle Schaltung oder Automatik? Beides bringt dich am Ende an dein Ziel, bloß auf unterschiedliche Art und Weise.

Am besten, du handhabst es beim »Fußballführerschein« wie beim Autofahren. Denn wenn du weißt, wie du mit einer vermeintlich komplizierten Gangschaltung umgehen musst, ist ein Wagen mit Automatik ein Kinderspiel für dich. Ich für meinen Teil fuhr auf jeden Fall sehr gut damit, mich von einem männlichen Trainertandem, das einem Wagen mit manuellem Getriebe entsprach, ausbilden zu lassen.

Die Dreiecksbeziehung zwischen Achim, Kalle und mir gestaltete sich zu Beginn zwar fast so kompliziert wie das Zusammenspiel der Füße eines Fahranfängers, des Gaspedals und der Kupplung. Doch mit ein wenig Übung hatten wir den Dreh raus, wie wir gemeinsam vorankamen.

Colette »schaltete« stets etwas früher als Achim und Kalle, fast schon automatisch. Für uns Spielerinnen war das natürlich viel bequemer, und die Unfallrate, sprich die Anzahl an Missverständnissen, sank auf ein Minimum. Manchmal langweilte mich dieser reibungslose, komfortable Ablauf sogar. Egal, welche Art von Schnute ich zog, Colette wusste genau, was ich meinte, und reagierte dementsprechend. Sie las gewissermaßen meine Gesichtszüge wie ich die Dreckspuren unter meinen Fußballschuhen – wirklich unheimlich diese Frau.

15 Brust Mahlzeit

Die Pubertät ist eine kritische Phase für eine heranreifende Fußballerin. Ich habe euch ja bereits erzählt, welche Schwierigkeiten allein ein gebärfreudiges Becken so mit sich bringt. Doch das ist noch längst nicht alles, was das Sportvergnügen eines vierzehnjährigen Mädchens erheblich schmälern kann. Ich sag's am besten frei heraus: Voluminöse Brüste mögen vielleicht so manchen Mann betören, auf dem Fußballplatz aber sind sie nicht gerade von Vorteil. Sicher, als Auffang-Terrasse für Flugbälle ist eine üppige Oberweite durchaus zu gebrauchen. Das sah schon immer ulkig aus, wenn die Kugel es sich auf meiner Brust so richtig schön bequem machte. Aber ansonsten?

Allein schon das »Verpacken« des Vorbaus stellt eine halbe Wissenschaft dar. Besonders für Spielerinnen, die mit einer Körbchengröße jenseits des ABCs »gesegnet« sind, erweist sich ein perfekt sitzender Sport-BH als unabdingbar. Auch in meinem Leben spielt dieser extrem abtörnende Funktions-Büstenhalter eine höchst wichtige Rolle; schließlich kratze ich knapp an der D-Norm.

Für ein Schulprojekt textete, oder besser gesagt: überarbeitete, ich damals sogar einen Werbeslogan für einen solchen »Hüpf-Absorber«:

»Mittellinie, 15.30 Uhr, wieder mal Anpfiff. Perfekter Halt fürs Dekolleté – Drei-Spielsituationen-Bra. Zwischenstopp Außenbahn, die Gegnerin ist ziemlich ruppig. Perfekter Sitz – Drei-Spielsituationen-Bra. Weiterflug in den Sechzehner, es brennt im Strafraum. Perfekter Schutz – Drei-Spielsituationen-Bra.«

Für mich muss ein Sport-BH halt ähnliche Voraussetzungen erfüllen wie ein wetterbeständiges Haarspray. Keine Ahnung, welche Note ich damals für dieses Projekt bekam. Ich tippe mal auf eine Drei.

Mit rund vierzehn Jahren merkte ich, dass ich um einen Sport-BH wohl oder übel nicht mehr herumkam. War das eine Umstellung! Wo ich doch wenige Monate zuvor noch an Italiens Sandstränden nicht einmal einen Badeanzug, geschweige einen Bikini überstreifen brauchte. Und jetzt musste ich gleich meine Brust in ein korsettähnliches Ungetüm zwängen? Na, Brust Mahlzeit, dachte ich damals.

Aber es half ja alles nichts. Es war schon schwierig genug, sich auf ein rundes Ding auf dem Platz zu konzentrieren. Nicht auszudenken, was für einen Murks ich gespielt hätte, wären da auf einmal drei Bälle im Spiel gewesen, denen ich meine volle Aufmerksamkeit hätte schenken müssen. Außerdem hätte dieses ständige Auf und Ab der Spannkraft meiner Brüste bestimmt nicht gut getan. Auf dem Platz agierte ich zwar vorzugsweise als »hängende Spitze«, aber selbst welche tragen – nein, danke!

Beim Kauf meines ersten »Brustpanzers« war ich völlig überfordert. Mama war gerade auf Klassenfahrt mit ihren Fünftklässlern, sodass ich mich allein auf den Weg in einen Unterwäscheladen machen musste. Ich wusste gar nicht, dass die »molekulare Mimikry« sogar in Dessous-Geschäften funktioniert. Denn als ich mit großen Augen vor den zahlreichen Bustiers, Wonderbras und Co. stand, machte mich eine aufgeweckte Verkäuferin darauf aufmerksam, dass sich die Männerslips auf der anderen Seite der Rolltreppe befanden. Vielen Dank auch!

Früher hätte ich mich glatt aufgemacht, um mir ein neues Versteck für meine Überraschungseier zu gönnen; mittlerweile war ich aus dem Alter raus. Noch eine weitere voluminöse Wölbung irgendwo an meinem Körper wäre des Guten wirklich zu viel gewesen.

Nachdem ich mit puterrotem Kopf der Verkäuferin erklärt hatte, dass ich statt Boxershorts lieber einen Sport-BH anprobieren wollte, scannte mich die Dame zunächst etwas skeptisch von Kopf bis Fuß. Ihr Blick verweilte kurz auf der Höhe meines Thorax, und ich las aus ihrem pausbäckigen Gesicht, in dem es von dunklen Make-up-Spuren nur so wimmelte, dass meine Oberweite sie von meiner Weiblichkeit wohl überzeugt hatte.

Sie geleitete mich in eine Umkleidekabine, wo ich mir schon einmal mein T-Shirt ausziehen sollte. Ich weiß noch genau, wie ich damals oberkörperfrei hinter dem weinroten Vorhang kauerte und die Arme voller Scham vor meiner Brust verschränkte. Der ganze Ort roch nach billigem Vanille-Deodorant, das in jeder Kabine für die Kundinnen als Serviceleistung ausgelegt war.

Nach der Anprobe wusste ich warum: So ein BH-Kauf kann in der Tat schweißtreibender sein als ein Solo über das halbe Fußballfeld. Besonders wenn man an eine solch hemmungslose Dessous-Verkäuferin gerät, die ständig den Vorhang der Kabine mit einem Ruck aufzieht, um dir entweder eine weitere Auswahl an Stützungshilfen in die Hände zu drücken oder bei der Anprobe tatkräftig unter die Arme zu greifen.

Meine zog und zuppelte an mir mindestens genauso martialisch herum wie eine grobschlächtige Spielzerstörerin im defensiven Mittelfeld. Sie machte fast schon Bayern Münchens größtem Trikotzupfer aus Leidenschaft, Jens Jeremies, Konkurrenz. Ich war kurz davor, ihr die Telefonnummer unserer Trainerin der dritten Damenmannschaft zu geben; die brauchten nämlich noch eine Frau, die im wahrsten Sinne des Wortes »anpackte« und »hinging, wo es wehtat«.

Die Dame mit den Tigerstreifen im Gesicht verbiss sich regelrecht in den Gedanken, den für mich persönlich bestsitzenden »Busen-Supporter« ausfindig zu machen. Ich probierte mindestens zwanzig verschiedene Modelle an. Solche mit regulärem Häkchen-Verschluss am Rücken, im Ringer-Style, deren Träger über Kreuz verliefen und über Kopf an- und auszuziehen waren, und sogar Exemplare mit vorgeformten Air-Condition-Cups.

Kleiner Tipp: Die zweite Variante besitzt einen recht hohen Tragekomfort. Sobald aber die Teile mit Schweißperlen durchtränkt sind, wird das Entkleiden zur Tortur. Ich brauchte manchmal eine gefühlte Halbzeit, bis ich mich aus dem nassen Lumpen befreit hatte. Da empfand ich die Funktions-Büstenhalter mit Haken und Ösen am Rücken viel angenehmer zu handhaben.

Am Ende schwatzte mir meine höchst motivierte Fachfrau drei hautschmeichelnde Hightech-BHs auf, deren atmungsaktives Material laut Hersteller sämtliche unangenehmen Schweißspuren um den Brustkorb herum verschwinden lassen sollte. Doch im Grunde hätte sie mir auch einen Waschlappen in die Einkaufstüte legen können. Mir wär es egal gewesen.

Alles, was ich wollte, war, mich so schnell wie möglich aus den Klauen dieser schamlosen Dame zu befreien und sie, wie eine Klette an der Außenbahn, im Sprint abzuschütteln. In diesen Laden brachten mich jedenfalls keine zehn Pferde mehr. Ich hoffte bloß, dass die Teile nicht allzu schnell ausleierten.

Falls sich der eine oder andere Träger vorzeitig »hängen« lässt, gibt es zum Glück allerlei Kniffe, das Wippen in Schach zu halten. So schnallte ich mir eine Zeitlang einfach zwei BHs auf einmal um, damit ich der »Höhle des Löwen« aus dem Weg gehen konnte. Mit dieser Taktik war ich gegen drohende Hängebrüste und anhängliche Unterwäsche-Kauffrauen auf jeden Fall für eine Weile, um im Fußballjargon zu bleiben, »gut aufgestellt«.

Neben dem wachsenden Brustumfang gab es allerdings noch eine Reihe anderer »Spielverderber«, die mir in der Übergangsphase zur Frau den Fußball vermiesen wollten. Unterleibsbeschwerden zum Beispiel waren besonders heimtückisch. Die ersten Male waren die Schmerzen so stark, dass ich tatsächlich in Erwägung zog, mich wie ein Italiener auf dem Rasen herumzuwälzen, ohne vorher gefoult worden zu sein.

Gott sei Dank kam es später nicht mehr allzu oft vor, dass ich an besagten Tagen zum Wehleiden neigte und solch unsportliche Gedanken mich überkamen. Meistens störte mich die Periode nicht die Bohne – auf dem Platz sogar weniger als in der Kabine. Dort musste ich beim Ausziehen des Höschens schon darauf achten, dass es nicht plötzlich hieß: »Hurra, hurra, der Pumuckl ist da!«

Wie ihr seht, wurde mit der Pubertät vieles komplizierter, insbesondere die Spielerinnen selbst. Für unsere Trainerin war diese Zeit sicherlich kein Zuckerschlecken. Schließlich vollführten unsere Launen einen ähnlichen Zickzackkurs wie ein Flatterball. Colette hatte alle Hände voll zu tun, manches Mädchen, das plötzlich lieber den Jungs anstatt dem Leder hinterherjagte, bei der Stange zu halten.

Als symbolisierte der erste Eisprung eine Art Startschuss, setzten viele meiner Mitspielerinnen auf einmal andere Prioritäten, genierten sich ihrer blauen Flecken wegen und sträubten sich, Sprintübungen mitzumachen, da jeder explosive Antritt angeblich wie ein Blasebalg auf das Oberschenkelvolumina wirkte und die Muskulatur anschwellen ließ.

Ich sah das ein wenig anders. Klar, auch ich hatte inzwischen andere Objekte ins Auge gefasst als das schwarzweiße Spielgerät. Das schmälerte meine Hingebung dem Ball gegenüber aber nicht im Geringsten; schließlich sprangen in mir, wie ich bereits erwähnte, keine Eizellen, sondern kleine Fußbällchen im Ovar herum.

Für ein Mädchen war es sicherlich eine heikle Angelegenheit, trotz sportlicher Aktivitäten ihrer Weiblichkeit, oder besser gesagt: was die Gesellschaft mit dem Frausein verbindet, gerecht zu werden. Manchmal sehnte ich mich zurück in die E-Jugend, als den Jungs schon beim Anblick meiner verschorften Schienbeine das Wasser im Mund zusammenlief, da diese sie an die knusprige Haut saftiger Brathähnchen erinnerte.

Doch der Geschmack ändert sich, wie ihr sicherlich wisst. Verkrustete Schienbeine und blaue Flecken gehörten plötzlich nicht mehr zu den Must-Haves eines attraktiven jungen Mädchens. Aber deswegen nicht mehr zur Grätsche ansetzen und das Training auf Schotterplätzen meiden? Nein, das kam für mich nicht in die Tüte.

Außerdem hatte ich in verschiedenen Mädchenzeitschriften gelesen, dass ein Großteil des männlichen Geschlechts insgeheim eine Frau sucht, die ihn dominiert – und dazu war ich trotz Brüsten und allem Pipapo, zumindest was fußballerische Dinge anbelangte, durchaus in der Lage.

Bei dem einen oder anderen Burschen zog diese Masche sogar. Die meisten standen aber eher auf den zierlichen Ballerina-Typ mit Plateauschuhen und hautengen Stretchjeans, in denen sich der Hintern detailgetreu abzeichnet. Ich muss zugeben, dass meine Taille, die inzwischen unter dem Einfluss diverser weiblicher Hormone eine Art Muffin-Form angenommen hatte (über der Hose quillt stets ein wenig Speck hervor), tatsächlich kaum mit einem knackigen Apfelpopo mithalten konnte.

Da half es auch wenig, mich als »Fußballerina« zu charakterisieren, um den Jungs zu suggerieren, dass ich mindestens genauso graziös durch gegnerische Abwehrreihen tänzelte, wie die meisten Mädels sich auf dem Parkett bewegten.

Obst ist nun einmal bekanntlich gesünder als Gebäck – und die meisten Herren bevorzugten in puncto Frauen anscheinend die bekömmlichere Variante mit weniger Fettanteil.

16 Gestatten, Hermann mein Name

Beim Mädchenfußball tickte die Uhr ein wenig anders als im Jungenbereich – und zwar viel schneller. Hier musste alles ratzfatz gehen. Behutsam aufgebaut werden? Das mag bei talentierten Knaben die Maxime sein, bei uns Mädels habe ich diese Redewendung nie gehört. Manchmal hatte ich gar das Gefühl, die Trainer wollten, dass mein fußballerisches Können flotter wuchs als meine Brüste, was kaum möglich war.

Im Frauenfußball war es zu meiner Zeit vollkommen normal, dass Mädchen, deren Metamorphose zur Frau längst nicht abgeschlossen war, bereits in jungen Jahren im Damenbereich Fuß fassen sollten. Früher dachte ich, diese rasante »Jugendförderung« wurde deswegen so beschleunigt praktiziert, weil Kickerinnen in fußballerischen Belangen eine Art Menopause blühte und sie deswegen nur in einem kleinen Zeitfenster »fruchtbar« beziehungsweise entwicklungsfähig waren.

In Wahrheit lag diese Maßnahme ganz unspektakulär darin begründet, dass rund um die Jahrtausendwende talentierte Fußballerinnen in der Region recht rar gesät waren und die Leistungsdichte im Mädchenbereich dementsprechend mau ausfiel. Damit mein Talent also nicht verkam, sollte ich frühzeitig in der 2. Damenmannschaft unseres Vereins körperbetontes Zweikampfverhalten erlernen.

Um die Stufe vom Juniorinnen- zum Erwachsenenbereich erfolgreich zu meistern, galt es für mich, weniger mein technisches Know-how zu verbessern. Vielmehr musste ich meine Abwehrkräfte aufbauen; schließlich waren die Oberschenkel, die in dieser Spielklasse auf mich zukamen, jenseits von Gut und Böse. Damit ich mich nach meinem ersten Pflichtspieleinsatz nicht gleich wie eine vom Nudelholz platt gerollte Tagliatelle fühlte, unterzog ich mich zunächst einmal pro Woche einer Art Immunisierung.

Eine Trainingseinheit bei der 2. Mannschaft glich dabei einer Schutzimpfung, die mich vor groben äußeren Attacken resistent machen sollte. Ob kräftiger Ellenbogeneinsatz oder ein satter Brustschubser, ich schien von Woche zu Woche immer mehr Antikörper gegen solcherlei Angriffstaktiken zu bilden und wusste nun auf jede erdenkliche Attacke eine entsprechende »Immunantwort«.

Endlich musste ich mich richtig zu Wehr setzen, was gar nicht so einfach war gegen meine teils recht bulligen Gegenspielerinnen. Diese erinnerten mich in ihren neonfarbigen Trainingsleibchen an die wulstigen, kunterbunten Zeichentrickfiguren der Siebzigerjahre-Kinderserie *Barbapapa*.

Nicht nur wegen ihrer gleichartigen, birnenförmigen Proportionen lag der Vergleich zu den witzigen Fantasiewesen nahe. Die eine oder andere meiner Mannschaftskameradinnen schien sich im Kampf um den Ball ähnlich wie die *Barbapapa* obendrein knetmassenartig verformen zu können und gelangte so erstaunlicherweise immer wieder – trotz ihrer Stämmigkeit – durch die engmaschigsten Verteidigungsstricke.

Die Zeiten waren also vorbei, in denen ich durch gegnerische Defensivlinien marschieren konnte, als stünde ich wie ein Sanitäter an der Front unter dem Schutz der Genfer

Konvention. Ab sofort würde ich nicht mehr vor groben Attacken verschont bleiben, sondern musste stets damit rechnen, plötzlich wie ein ungewünschtes stoppeliges Beinhaar »umrasiert« zu werden. Da musste ich durch. Schließlich träumte ich davon, irgendwann einmal für die Nationalmannschaft aufzulaufen.

Für dieses Ziel trainierte ich hart – und das mit 14 Jahren bereits mindestens fünf- bis sechsmal die Woche. Neben den Einheiten im Verein (U16, 2. Damen und später sogar im Bundesliga-Team) durfte ich zusätzlich jeden Montag beim DFB-Stützpunkttraining und ein oder zwei Wochenenden im Monat an Lehrgängen des Niedersächsischen Landesverbandes teilnehmen.

Meine Trainer reichten mich gewissermaßen wie einen gärenden Hermann-Teig weiter – immer in der Hoffnung, dass ich alsbald zu einem wahren »Fußballleckerli« heranwuchs. Während die Kuchenmischung auf ihrem Weg von Hausfrau zu Hausfrau kräftig mit Mehl, Zucker und Milch »gefüttert« wird, bekam ich von jedem meiner Lehrmeister Extrazutaten wie körperliche Physis, taktisches Geschick und Ballgewandtheit einverleibt.

Die Vorbereitung war gegessen. Jetzt folgte der schwierige Teil. Denn ist der Kuchen erst einmal im Ofen, ist er schneller »verheizt«, als man denkt.

17 Waden im Schlafrock

Problemzonen sind im Mädchen- beziehungsweise Frauenfußball allgegenwärtig. Ob vorn, hinten, an den Außenbahnen oder im Zentrum, die weibliche Figur besitzt eine Fülle an heiklen Partien, die einem beim Fußballspielen gehörig auf den Keks gehen können.

Da haben es die Männer meiner Meinung nach viel leichter. Sobald sich nämlich die maskuline Zunft mal gehen lässt, beschränkt sich ihr wunder Punkt am Körper meist nur auf die »Zentrale« in Form eines Bierbauchs. Bei einer Frau hingegen macht schlimmstenfalls außen die aufgedunsene Reiterhose, vorn die üppige Oberweite, hinten das Sitzpolster und im Zentrum der Schwimmreifen Ärger – auch »All-in-One-Paket« genannt.

Erfreulicherweise gibt es Wege, diesen körperlichen Makeln entgegenzuwirken oder sie zumindest zu kaschieren. Besonders empfehlenswert: Radlerhosen. Die halten Oberschenkel nicht nur warm, sondern auch in Form. Speziell für Spielerinnen wie mich, die statt O-Beinen, wie sie in Fußballerkreisen heiß begehrt sind, eher B-Beine (dicke Oberschenkel, dicke Waden) besitzen, sind die straffen Höschen ein Segen. Denn ohne die Dinger lief ich mir aufgrund meiner muskulösen Glieder, deren Innenseiten ständig aneinander rieben wie Ernie und Bert, meist einen Wolf.

Das Schlimmste sind jedoch nicht die Schmerzen, die mit diesen fiesen Wundstellen im Schritt einhergehen. Was viel mehr wehtut, ist die aus dieser breitbeinigen Schonhaltung resultierende wachsende Tunnelrate. Fünf Beinschüsse pro

Trainingseinheit, sag ich euch, können nämlich ganz schön am Selbstbewusstsein nagen.

Also strangulierte ich meine Oberschenkelmuskulatur lieber regelmäßig mit hautengem Nylonstoff, als mir die spöttischen Bemerkungen meiner Mannschaftskameradinnen anhören zu müssen.

Meine, nennen wir sie mal athletischen Waden, würde ich nicht unbedingt als Problemzonen bezeichnen; aber wirklich weiblich sind diese Oschis auch nicht gerade. Welche Frau trägt das ganze Jahr über schon gern fleischige Moonboots mit sich herum? Auf dem Fußballplatz hätte ich auf meine kräftigen Unterschenkel trotzdem nie verzichten wollen. Schließlich verdankte ich ihnen in Zusammenarbeit mit meiner ausgereiften Schusstechnik einen der stärksten Spannstöße der Liga. Auf jeden Fall waren meine mit Stutzen bedeckten »Waden im Schlafrock« für eine Überraschung aus der zweiten Reihe immer gut.

Wer jetzt denkt, ein Mädchen mit solchen Mini-Hirnen in den Beinen besitzt automatisch einen enormen Antritt, der täuscht sich gewaltig. Mich per Steilpass zu schicken war ungefähr genauso risikobehaftet, wie eine Postkarte aus dem Italienurlaub in die Heimat zu versenden. Bei beidem konnte man sich nie sicher sein, ob sie rechtzeitig ankamen. Der Ball landete meist im Aus, und die Grüße aus dem Süden trudelten oft erst ein, wenn der Reisende längst wieder zu Hause war. Meine Muskelfasern in den Waden mussten ausgeleierter gewesen sein als die Stimmbänder eines rustikalen Opernsängers.

Mein Trantüten-Dasein schlug mir häufig aufs Gemüt. Ganz gleich, wie viele Extra-Sprinteinheiten ich mir auferlegte, meine Beine kamen nicht in die Gänge. Mir blieb nichts anderes übrig, als mich mit meinen »faulen Socken« abzufinden und das Positive aus ihnen zu ziehen. Ich redete meine größte Schwäche stark, indem ich mir vorstellte, dass ein gemäßigtes Tempo im Sport so sinnvoll wie bedächtiges Kauen beim Essen sein kann.

Da ich den Ball nämlich nicht etwa bloß zehn Meter nach vorn spielte und ihm daraufhin stupide hinterher flitzte, stand ich automatisch länger in direktem Kontakt mit dem Spielgerät. Und jeder Marketingexperte wird mir zustimmen, dass »persönliche Kundengespräche« für eine B2S-Beziehung (die Zusammenarbeit zwischen Ball und Spielerin) durchaus förderlich sind. Meine größte Schwäche begünstigte gewissermaßen meine technischen Fähigkeiten.

Neben den etwas stämmigeren Fußballerinnen gibt es natürlich sowohl im Juniorinnen- als auch im Frauenbereich eine Fülle an durchtrainierten, drahtigen Mädchen, die dem Image von Leistungssportlerinnen sehr nahe kommen. Ich wollte immer zu dieser Gruppe gehören – tat es letztendlich aber nie.

Muckis für einen gestählten Körper besaß ich zwar bestimmt genug, allerdings stellten sich diese als besonders schüchtern heraus. Vor allem mein Sixpack versteckte sich gern unter einer großzügigen »Polstergarnitur«. Ein, zwei Kilo Vierjahreszeiten-Speck weniger hätten sich gewiss positiv auf meine Spritzigkeit ausgewirkt. Doch wie war das mit dem Handicap-Prinzip noch mal?

Ich beneidete die Mädels immer, die trotz oder gerade wegen ihrer fußballerischen Aktivitäten ein attraktives, weibliches Erscheinungsbild bewahrten. Der Barbapapa-Typ war sicherlich keine Ausnahme, aber auch nicht die Regel. Mancher Laie denkt ja, dass es eine Art von physikalischem Gesetz ist, dass Fußballerinnen automatisch zu Mannweibern transformieren.

Dem stimme ich nicht zu, auch wenn ich zugeben muss, mich ein wenig in die Kabine der männlichen E-Jugend zurückversetzt gefühlt zu haben, als ich erstmals in die Umkleide der 2. Damen hineinspazierte. Kurzhaarfrisuren und Slips mit Eingriff, meist in Form von ausgebeulten Boxershorts, wohin das Auge reichte. Zumindest waren die Bobs und Meckis häufiger vertreten als in den Klassenzimmern meines Gymnasiums.

Dieser Raum erwies sich als ein Sammelbecken an weiblichen Wesen, die sich einst wie ich der molekularen Mimikry verschrieben, jedoch nie den Absprung geschafft hatten. Das Klischee des unweiblichen Fußballtrampels, das in der Gesellschaft weit verbreitet ist, bediente die eine oder andere meiner Mitspielerinnen damals durchaus.

Aber natürlich gab es in unserem Team auch Spielerinnen, die dem verallgemeinerten Fußballerinnen-Stereotyp in keiner Weise gerecht wurden – die sowohl auf als auch abseits des Rasens Reizpunkte setzten – und vor rund zehn Jahren allmählich die Überhand gewannen.

So erlebten die Fußballplätze Anfang des 21. Jahrhunderts eine regelrechte Invasion von »Feminianern« mit Pferdeschwänzen. Besonders meine Generation gehörte zu dieser

Spezies – mich eingeschlossen. Ein Jahrzehnt mit Kochtopf auf dem Kopf war nun wirklich genug. Von jetzt an trug ich zunächst zwei, später lediglich einen Haar-Schnorchel auf meinem Haupt spazieren.

Die Offensive der langen Haare erinnerte mich irgendwie an die angriffslustigen Marsianer, die im Science-Fiction-Epos *Krieg der Welten* mit ihren langbeinigen monströsen Kampfmaschinen die Welt an sich rissen. Wir gingen vielleicht nicht ganz so martialisch auf unseren Eroberungsfeldzug durch die Umkleidekabinen der Republik vor, aber genauso rigoros. So gehören heutzutage Haarspangen und -bänder neben Schienbeinschonern zu den wichtigsten Fußballutensilien einer Frau.

Die Übernahme ging klammheimlich über die Bühne, für Außenstehende kaum wahrnehmbar. Aus diesem Grund hält sich bis heute hartnäckig das Vorurteil, Fußballerinnen seien allesamt raubeinige Emanzen mit militärischen Einheitsfrisuren. Dieses Rollenklischee ist schwerer abzuschütteln als einst Wadlbeißer Jürgen Kohler vom Hosenzipfel.

Das liegt wahrscheinlich daran, dass viele Fußballerinnen trotz langer Haare oder Wimperntusche recht maskuline Proportionen aufweisen. Muskeln, die der eine oder andere als »unweiblich« bezeichnen mag, lassen sich an diversen Körperpartien nun aber einmal nicht vermeiden – zumindest nicht, wenn man ambitioniert bei der Sache ist. Ehrlich gesagt, wenn du die Wahl hättest zwischen einem straffen, voluminösen Schenkel und einem Unterbau, der herumwabbelt wie geleeartiges Aspik, für was würdest du dich entscheiden?

Es liegt mir fern, Fußball als ein Allheilmittel gegen Cellulite anzupreisen; diesem schönen dreckigen Sport will ich keinesfalls ein Wellness-Image anheften. Wäre doch grausig, wenn sich Fußball plötzlich aus denselben Motiven zum neuen Trendsport für das weibliche Geschlecht entwickelte wie einst Nordic Walking oder dergleichen.

Fußball ist wahrhaftig keine Leibesübung für Weicheier oder Weichbusige – wie man es nimmt. Um in diesem Sport erfolgreich zu sein, muss ein Mädchen schon ein paar Haare auf den Zähnen haben. Das muss ja nicht gleich ein ganzes Büschel sein; ein leichter Flaum reicht völlig aus.

18 Höhepunkt

Mir flog nie etwas zu. Ob in der Schule oder auf dem Fußballplatz, stets musste ich hart an mir arbeiten. Sobald ich einmal die Zügel schleifen ließ, wirkte sich das gleich ungünstig auf meine Spiel- beziehungsweise Mathenote aus. Ich musste immer einen Tick mehr tun als andere, um voranzukommen. So zeichnete mich weniger das reine Talent aus, sondern vielmehr der Ehrgeiz, irgendwann als talentiert zu gelten. Auf dem Fußballplatz ging diese Rechnung auf – in der Zahlenlehre leider weniger.

Obwohl ich, wie ihr wisst, bereits als Embryo in der Gebärmutter unter dem Einfluss von narkotisierenden Fußballgeräuschen stand und deswegen mein Hormonhaushalt ein wenig durcheinandergeriet, schien ich noch längst nicht genug Fußball im Blut zu haben, um ohne großen Aufwand auf dem Platz zu glänzen. Ich gehörte vielmehr zu denjenigen, die sich den Fußball größtenteils erst von außen in Form von Trainingseinheiten, Extraschichten im Garten oder Gebolze in der großen Pause injizieren mussten, um ihn in förderlicher Menge in sich zu tragen. Wenn man so will, betrieb ich eine Art leistungssteigerndes Blutdoping.

Zum Glück lösten die zahllosen Fußball-Transfusionen in meinem Körper keine immunologische Reaktion aus, wie es Fremdkörper im Menschen normalerweise tun. Stattdessen machte es sich das runde Leder in mir wie ein Fuchsbandwurm gemütlich und ergriff im Laufe der Jahre immer mehr Besitz von mir.

Fußball war demnach nicht nur ein Teil meines Körpers, sondern füllte mich aus. Kann sein, dass ich genauso gut ohne ihn hätte leben können; ein Mensch kommt ja auch wunderbar ohne seine Mandeln aus. Doch so wie die Bommel im Rachen einem Organismus als Abwehrbarriere von Krankheitserregern dienen, barg der Fußball für mich eine Art Schutzfunktion und Sicherheit. Er verlieh mir nicht nur Selbstvertrauen, sondern päppelte mich wie eine isotonische Kochsalzlösung immer wieder auf, wenn ich in anderen Lebenslagen, sei es in der Schule oder in der Liebe, einen Dämpfer erhalten hatte. Von daher wollte ich den Fußball nie missen.

Ich wusste sehr wohl, was ich an ihm hatte, und nahm ihn dementsprechend ernst. Mich überkam nie das Gefühl, wegen des Sports auf anderes verzichten zu müssen oder gar etwas zu verpassen. Ganz ehrlich? In Wolfsburg gab es ohnehin nicht viel, was ich, statt Fußball zu spielen, am Wochenende hätte sonst anstellen wollen. Klar, die eine oder andere Party ging sicherlich ohne mich über die Bühne. Allerdings bevorzugte ich es damals ohnehin eher, meine Gegner auf dem grünen Rasen nass zu machen, als auf der Tanzfläche von einem sich erbrechenden Jüngling nass gemacht zu werden.

Versteht mich nicht falsch. Ich verbrachte gern Zeit mit meinen Freunden und trank das eine oder andere Mal mit ihnen über den Durst. Ich verzichtete also nicht gänzlich auf Partys, sondern machte vielmehr eine Art Feierdiät, die jeden Monat ein paar »Mogeltage« beinhaltete. In diesen Pausen von der Disziplin ließ ich es dann richtig krachen und verklebte meinen Magen so sehr mit überzuckerten Alkopops, dass ich noch Tage später im Training wie ein kreidebleiches Gänseblümchen im Wind herumzappelte. Die nächste Sauferei konnte dann ruhig ein Weilchen auf sich warten lassen.

Trotz meiner nicht ganz lupenreinen sportlergerechten Lebensweise, machte ich fußballerisch weiter Fortschritte. Die Mühen, die meine vielen Trainer in den Jahren zuvor in mich hineingesteckt hatten, trugen allmählich Früchte. So gab ich mit gerade einmal fünfzehn Jahren bereits einen stattlich hoch gegangenen Hermannteig ab, der alsbald seine Feuertaufe in der 1. Frauenfußball-Bundesliga erleben sollte.

Meine Gärzeit war schneller vorbei, als ich gedacht hatte. Ich debütierte für die 1. Mannschaft in der zweiten Runde des DFB-Pokals gegen den FSV Frankfurt, der zu jener Zeit als Institution des deutschen Frauenfußballs galt. Die ersten siebzig Minuten durfte ich mir von der Ersatzbank aus zu Gemüte führen. Dort kauerte ich so steif wie ein durchgewursteltes Kaugummi, dem sämtliche Flüssigkeit entzogen worden war, bis mich meine damalige Trainerin tatsächlich aufforderte, mich beim Spielstand von 0:5 warm zu laufen. Schlimmer konnte es ja nicht werden, dachte sie wohl.

Eigentlich hätte ich bei diesem klaren Rückstand eine ruhige Nummer schieben können und gar nicht nervös sein brauchen. Vielmehr versauen konnte ich ja eh nicht. Und dennoch war meine Aufregung nicht zu übersehen. Während meine Trainerin mir an der Seitenlinie letzte Instruktionen gab, zuppelte ich wie wild an meinem Trikot herum.

Als sei es ein Akkordeon, zog ich es hin und her, aus der Hose raus und wieder hinein.

Ein Wunder, dass ich mir dabei die Hüftknochen nicht aufscheuerte; schließlich bestand das Trikot aus synthetischen, kratzenden Kunstfasern, die einem die Haare zu Berge stehen ließen. Meine Kopfhaut, die ich in der Halbzeit nochmals mit einer Extraladung Haarspray bestäubt hatte, juckte plötzlich wie Hölle. Wie ein von Flöhen geplagter Köter rubbelte ich mir die unzähligen Seidenproteine von der Stirn. Erstere segelten wie kleine Kokosraspeln auf meine Schuhe herunter und bildeten dort auf dem Leder einen neuen, glänzenden Film.

Die Prozedur der Einwechselung wickelte ich wie ein Profi ab. Zuerst unterzog ich mich einer Leibesvisitation durch den Linienrichter, der wie ein Metalldetektor meinen Körper auf Schmuck kontrollierte und sofort lospiepte, als er mein lockeres Pflaster am Ohr bemerkte. Wie das Etikett eines Steiftieres flatterte das Tape an meinem Hörorgan herum und ließ dem darunter liegenden Piercing seines Erachtens zu viel Freiraum.

Mit ein wenig pappiger Spucke, die wegen meiner Aufregung an die Konsistenz von klebrigem Nacktschneckensekret erinnerte, war dieser Fauxpas schnell ausgebügelt. Es folgte das obligatorische Schuh-Unterkleid-Entblößen, damit der Schiedsrichterassistent erfuhr, was ich so »drunter trug«. Also zog ich mit Schmackes meine Hacken an den Allerwertesten und warf dem glupschäugigen Voyeur dabei eine Portion Erdbrocken ins Gesicht. Der sollte ruhig wissen, dass mit mir nicht gut Kirschen essen ist.

Zu guter Letzt zeigte ich dem ungeduldig auf seine Stoppuhr schauenden Unparteiischen symbolisch den kalten Rücken, damit dieser zum einen sich meine Nummer notieren und ich ihm zum anderen per nonverbaler Kommunikation verdeutlichen konnte, dass ich gegen Schiedsrichter generell einen Groll hegte. Warum? Keine Ahnung. Ich weiß nur, dass sich bereits im Kindergarten, seit meiner ersten Runde »der Plumpsack geht um«, die Beziehung zwischen Referees und mir äußerst kompliziert gestaltete.

So gehörte es schon immer zu einer meiner Lieblingsbeschäftigungen, mich an Schiris zu reiben – natürlich im übertragenen Sinne. Ich konnte es einfach nicht lassen, auch wenn mir durchaus bewusst war, dass ich mir mit meinem angriffslustigen Verhalten meist selbst in die Waden grätschte. Im Grunde genommen ist das Anpflaumen von Schiedsrichtern nichts anderes als das Aufkratzen eines Mückenstichs: Man weiß, dass das Jucken es nur schlimmer macht, hört aber trotzdem nicht auf, bis man schlimmstenfalls rot sieht.

Aber zurück zum Thema: Meine ersten fünfzehn Minuten Bundesligaeinsatz verbrachte ich weitgehend damit, meiner Gegenspielerin auf der linken Außenbahn wie eine Stalkerin hinterherzuhecheln, ohne ihr dabei wirklich nahe zu kommen. Nicht, dass ich nicht gewollt hätte. Aber sie erwies sich physisch und geistig als zu schnell für mich. Vielen meiner Mitspielerinnen ging es an diesem Nachmittag allerdings ähnlich. Alles, was wir zu Gesicht bekamen, waren die strampelnden Gesäßmuskeln unserer Kontrahentinnen; kein schöner Anblick übrigens, wenn man so wie ich weiblichen Apfel- oder Birnenpopos partout nichts abgewinnen kann.

Ich kam in der Partie sage und schreibe noch fünf Mal an den Ball. Jetzt könnte man meinen, ich hätte die wenige Zeit, die das Leder und ich an diesem Tag in trauter Zweisamkeit verbrachten, zumindest in vollen Zügen genutzt. Von wegen! Statt mit dem Ball ausgiebig fangen zu spielen oder lange Spaziergänge durch die Defensivreihen zu unternehmen, schüttelte ich an diesem Tag die Kugel lieber per Direktpass reflexartig wieder vom Fuß, als wäre mir eine eklige Spinne auf den Spann gefallen. Meine Gedanken drehten sich nur um eins: »Hau ihn weg, bloß weg!«

Damals dachte ich, mein schreckhaftes Verhalten lag in der enormen Aufregung begründet. Heute, nachdem ich mich mit dem weit verbreiteten »Phänomen der Bindungsangst von Debütantinnen im Fußball-Oberhaus« ausgiebig beschäftigt habe, schiebe ich lieber wieder einmal Mutter Natur den schwarzen Peter zu.

Durch meine Recherchen kam ich zu dem Schluss, dass ein Bundesliga-Neuling gegen sein phobisches Benehmen beim Höhepunkt seiner jungfräulichen Bundesliga-Karriere gar nichts ausrichten kann. Denn »ganz oben« – sei es auf einem Berg oder innerhalb eines Ligasystems – herrschen nun einmal andere Umweltbedingungen, an die sich der menschliche Organismus anzupassen hat, um zu funktionieren.

Nachdem die Fußballerin erste Symptome einer Höhenkrankheit – Schwindelgefühl, erhöhter Blutdruck und Übelkeit – überstanden hat, beginnt ihr Körper sich zu akklimatisieren. Zu den Folgen dieser automatisch eintretenden physiologischen Anpassung an die Schwindel erregende Höhe im Fußball-Oberhaus gehört unter anderem eine gesteigerte Reflexaktivität, die sich bei Fußballerinnen insbesondere auf die unteren Extremitäten auswirkt. Für die exorbitante Ball-Weg-Schlag-Quote bei Bundesliga-Neulingen gibt es also eine logische, wissenschaftliche Erklärung.

Ob dieses Ergebnis nun eine potenzielle Newcomerin vor ihrem anstehenden Bundesliga-Einstand beruhigt, mag ich nicht zu behaupten. Aber zumindest wisst ihr jetzt, dass man sich die teuren Baldriantropfen aus der Apotheke ruhig sparen kann und es in der Natur der Sache liegt, wenn sich eure Füße zu Beginn eurer Bundesliga-Laufbahn wie Zitteraale aufführen. Ich für meinen Teil hätte mich über diese Information gefreut – auch wenn sie auf den ersten Blick wie eine kalte Dusche wirken mag. Dann hätte ich nämlich meinen bevorstehenden, unvermeidlichen Angsthasenkick im Voraus auf der Ersatzbank als spielbeschleunigenden »One-Touch-Fußball« ankündigen können – und wäre somit fein aus dem Schneider gewesen.

19 Wechseljahre

Ich besaß schon immer einen ausgeprägten Entdeckungstrieb. Jedes Mal wenn ich zum Einschlafen meine Lieblingsgeschichte von Janosch *Oh, wie schön ist Panama* vorgelesen bekam, packte mich sofort das Fernweh. Wie ihr bereits erfahren habt, nutzte ich als Kleinkind jede Unachtsamkeit meiner Eltern aus, um mich auf meinen wackeligen Beinen schnellstmöglich vom Acker zu machen. Meistens flitzte ich schnurstracks zum Fußballplatz hinunter.

Doch ab und an ging ich auch meiner zweiten heimlichen Leidenschaft nach: dem nudistischen Partycrashing. Hierbei verkleidete ich mich als lebende Antwort auf muslimische Burkas und spazierte als Nackedei durchs ganze Dorf, um mich eigenhändig zu Kaffeekränzchen älterer Herrschaften auf fremden Terrassen einzuladen. Bald nannte mich jeder nur noch »Michelin-Männchen«, da mein Babyspeck an Armen und Beinen unübersehbare Parallelen zu den Reifenwülsten der legendären Werbefigur offenbarte und ich mich wie Auroräder laufend fortbewegte.

Gott sei Dank verhielt sich mein Körper nicht wie der Stamm einer deutschen Eiche, der bekanntlich alle Jahre wieder einen weiteren Ring hinzugewinnt. Meine Fettdepots reduzierten sich im Laufe der Zeit – und mit ihnen mein Hang zur Freizügigkeit. Zum Glück, da mich spätestens mit sechzehn, als ich die elfte Klasse in den prüden Vereinigten Staaten verbrachte, diese nudistische Vorliebe bestimmt in arge Schwierigkeiten gebracht hätte.

Mein Panama hieß also USA – das Land meiner Träume.

Sicherlich fragt ihr euch, wieso ein so fußballverrücktes Huhn wie ich ausgerechnet in einem Land leben wollte, in dem angeblich mehr ovale Eier als runde Bälle in der Luft rumflogen. Na, ganz einfach: Weil die Vereinigten Staaten für Fußballerinnen so etwas wie die Volksrepublik China für Hundefleisch-Liebhaber sind: ein Ort des unbeschwerten Genusses. Denn seien wir mal ehrlich, ob Frauen, die einer Lederkugel hinterher jagen, oder Leckermäuler, die des Menschen besten Freund zum Abendbrot vernaschen, beide Spezies gelten rund um den Globus, formulieren wir es mal verhalten, als »aus dem Rahmen fallend«.

Allein in Teilen Asiens und Nordamerikas können sie ihrer Leidenschaft hemmungslos nachgehen. Hunde-Gourmets ernten in China keine angewiderten Blicke, wenn sie mit zwei Essstäbchen schmatzend Wau-Wau-Gulasch verputzen. Und Fußball spielende Mädchen gehören zum amerikanischen Alltag genauso wie die gehisste Nationalflagge auf der Veranda. In den Vereinigten Staaten liegt der Frauenanteil im Fußball nämlich bei sage und schreibe 40 Prozent. Kicken, ohne im Schatten der Männer zu stehen. Das stellte ich mir einfach himmlisch vor.

Sicher, inzwischen hat sich die Lage für Fußballerinnen in Deutschland entschärft. Es ist nicht zu übersehen, dass sich der DFB mittlerweile in den »Wechseljahren« befindet und dementsprechend eine hormonelle Veränderung durchmacht. So verhält sich der Östrogenspiegel des alternden Verbandes seit geraumer Zeit spiegelverkehrt zu dem einer Frau in der Menopause – er steigt und steigt und steigt. Nichtsdestotrotz machen die bis dato im DFB eine Million registrierten Frauen nur fünfzehn Prozent der gesamten Mitglieder aus.

Ich übertreibe also keineswegs, wenn ich sage, dass es mir im Sommer 2002 bei meiner Ankunft in Rhode Island vorkam, als sei ich aus einem milden Glas Eierlikör in einen hochprozentigen Bloody-Mary-Cocktail gehüpft. Jedenfalls fühlte ich mich wie berauscht von all den vielen Soccergirls, die mich in der folgenden High-School-Saison auf den Plätzen des kleinsten Staats der USA willkommen hießen.

Insgesamt schien in Little Rhody, wie der kleine Krümel amerikanischer Topografie im Volksmund heißt, bei der Sportjugend längst ein Umdenken stattgefunden zu haben. So streicheln inzwischen wider Erwarten viel mehr Kids lieber den Lederball mit dem Fuß, als ihn in Miniaturgröße mit einem splitternden Holzschläger traditionell amerikanisch durch die Lüfte zu dreschen.

Klar, American Football, Baseball, Basketball und Eishockey gehören nach wie vor zu den populärsten Zuschauer-Sportarten im Land und ziehen die Menschenmassen an wie verschimmeltes Obst die Fliegen. Auf Freizeitsportebene, in der Highschool und an den Colleges hingegen schickt sich der Fußball allmählich an, den »Big Four« Feuer unter dem Hintern zu machen.

Soccer verdrängt die klassischen amerikanischen Sportarten demnach mittlerweile wie ein Neozoon – ein Tier, das mithilfe des Menschen in ein neues Gebiet gelangt, sich dort auf Dauer fortpflanzt und manchmal sogar einheimische Arten gefährdet, indem es deren Ökosystem verändert.

Ich als Hobby-Verschwörungstheoretikerin nehme übrigens an, dass es sich bei der schleichenden Verbreitung des Fußballsports in den Staaten insgeheim um einen Rachefeldzug Europas für die nordamerikanischen Grauhörnchen handelt. Diese wurden nämlich Anfang des 20. Jahrhunderts von den Amerikanern nach Großbritannien eingeschleppt und gehen seither dem europäischen Eichhörnchen gehörig »auf die Nüsse«.

Wie sehr Fußball inzwischen Teil der amerikanischen Gesellschaft geworden ist, verdeutlicht das in den USA weit verbreitete politische Schlagwort *Soccer Mom*. Diese Fußballmütter stehen sinnbildlich für all die typischen Ehefrauen aus der oberen Mittelschicht, die in Vororten leben und neben ihrem Fulltimejob regelmäßig ihre wohlbehüteten Kinder mit dem Minivan zum Sport in die Parks kutschieren.

Soccer Moms gelten insbesondere seit der US-amerikanischen Präsidentschaftskampagne 1996 als wahlentscheidende demografische Zielgruppe. Anscheinend wird Fußball selbst in den USA allzu gern zum Politikum erklärt.

Wenn ich es recht überlege, passt meine Gastmutter Ann perfekt in diese »klischeebeschichtete« Soccer-Mom-Kuchenform. Na ja, eigentlich war sie mehr eine Soccer Mom auf Teilzeit. Schließlich übernahm meist meine amerikanische Schwester und Mannschaftskameradin Jenna den Chauffeursjob zum Fußballtraining. Ansonsten gab sie aber eine durchaus akzeptable Blaupause dieses Stereotyps ab.

Ann war ständig mit ihrer Familienkutsche »on the road« und versuchte auf Teufel komm raus, ihre Pflichten als Immobilienmaklerin, die Fußballspiele ihrer Kinder und zu guter Letzt den Kochlöffel in eine Tankfüllung zu quetschen.

Nach Tausenden von Kilometern im Fahrersitz beherrschte sie buchstäblich die »Sprache der Straße«. Jedenfalls stimmte ihr grelles Organ erschreckend mit dem Klang piepsiger Warntöne einer Einparkhilfe überein. Manchmal musste ich mir gehörig das Lachen verkneifen, wenn ich mir im Beifahrersitz bisweilen wie ein stiller Beobachter eines hitzigen Wortgefechts zwischen Ehepartnern vorkam, die ständig aneinander vorbeiredeten. Ein Wunder, dass meine Gastgeschwister in ihrer Kindheit nie an Tinnitus erkrankt waren.

Jenna und ihr großer Bruder Glenn Junior wuchsen vollkommen unamerikanisch mit dem Ball am Fuß auf. Sie gehörten Anfang der Neunziger zur neuesten Alternativbewegung im Land, die im wahrsten Sinne des Wortes gegen den Strich bürstete, indem sie die mit Yard-Linien voll gekleisterten American-Football-Felder für ihr Fußballspiel einnahmen. Die »Generation Soccer« versuchte einen ähnlichen Paradigmenwechsel auf den US-Sportplätzen einzuleiten, wie es im Freizeitsektor bislang nur den Inlineskatern gelungen war. Fußball sollte demnach genauso ins Rollen kommen, wie einst die »Viererkette aus Rädern« auf Amerikas Asphalt.

Allerdings erweist sich der Footballsport weitaus widerstandsfähiger als der archaische, zweiachsige Rollschuh. Das Feld einfach so zu räumen, kommt für die »Eiertänzer« gar nicht in die Tüte; dafür sind sie in der Historie der amerikanischen Sportkultur zu sehr verwurzelt. Doch wer weiß, was die Zukunft bringt. Die anhaltend wachsende Fußballhippie-Schar im Land macht jedenfalls Hoffnung, dass gepolsterte Crash-Test-Dummy-Kolosse tatsächlich irgendwann, wie einst der Libero im Fußball, zu einer vom Aussterben bedrohten Spezies verkommen.

20 Herzrasen

Beidfüßigkeit ist im Fußball heutzutage unerlässlich. Allein mit einem starken Rechten kommt eine Spielerin nicht mehr weit. Wir sind hier schließlich nicht beim Tippkick. Und dennoch passiert es immer wieder, dass Fußballerinnen es mit ihren Füßen halten wie das Herz mit seinen Kammern: Eine Seite hat bei Weitem mehr Druck hinter ihren Aktionen als die andere. Da die linke menschliche Pumpe naturgemäß nämlich mit bedeutend mehr Muckis ausgestattet ist als ihr rechter Kompagnon, »haut« sie Blutkörperchen erheblich weiter weg, sodass selbst »Distanzschüsse« in den entlegensten Kapillargefäßen des Körpers mit größter Präzision einschlagen.

So wie das menschliche Herz eine kräftigere Kammer haben auch Fußballerinnen oft einen stärkeren Fuß, mit dem sie vorzugsweise – ob der Härte oder Genauigkeit wegen – hantieren. Mutter Natur trifft dafür allerdings zur Abwechslung mal keine Schuld. Viele Fußballer vernachlässigen beim Training schlichtweg einen ihrer Zinken und wundern sich dann, dass die Flugbälle, getreten mit ihrem »Schwächeren«, ausschlagen wie das Belastungs-EKG einer faulen Coach-Potato oder verhungern wie die neumodische Size-Zero-Riege Hollywoods.

Selbst in den höchsten Fußballligen verkommen Spieler lieber zu einer kläglichen Parodie verknoteter Luftballontierchen, damit sie den Ball ja nicht mit ihrem »Nichtsnutz« traktieren müssen. Ob auf dem Fußballplatz, im Büro, oder in zwischenmenschlichen Beziehungen, Menschen neigen dazu sich zu verbiegen, um Eindruck zu hinterlassen.

Mir war diese Einstellung zuwider. So pochte ich als verkappte Emanze in puncto Beinarbeit stets auf Gleichberechtigung. Spätestens seit der zweiten Saison in der F-Jugend war die Schonzeit für meinen linken Schlappen vorbei. In nur wenigen Jahren novellierte ich ihn zu einem feinmotorischen Scharfschützen.

Als Kind fällt es uns erfahrungsgemäß leichter, Neues – sei es eine Fremdsprache, Skifahren oder eben Beidfüßigkeit – zu erlernen. Je älter man wird, desto fauler wird der Geist. Ein Dogma, das ich in meinem Leben erstmals in den Vereinigten Staaten zu spüren bekam. Ich sag euch, so leichtfüßig ich mich auch mit dem Ball – ob mit links oder rechts – anstellte, mit einer Schwester wusste ich anfangs weniger umzugehen.

Mit einem großen Bruder kannte ich mich aus. Der war so etwas wie mein starker Fuß. Wie ich mich einem weiblichen Geschwisterteil gegenüber zu verhalten hatte, musste ich mir erst noch antrainieren. Eine knifflige Angelegenheit, wenn man sich des unbekümmerten Kindskopfs längst enthauptet hatte.

Schließlich gehörte ich im spätpubertären Alter längst zu jenen Mädchen, die, würde man ihre Entwicklung zur Frau mit dem Garzustand eines Stück Steaks vergleichen, in die Kategorie *medium rare* einzustufen waren. Äußerlich wirkte ich »durch«, wie erwachsen. Im Innern dagegen herrschte nach wie vor blutjunge Unerfahrenheit. Ein Lebensabschnitt, in dem sich der Geist meist mindestens genauso schwach fühlt wie das Fleisch.

Dass Jennas und mein privates Zusammenspiel nach einigen Anlaufschwierigkeiten am Ende wie am Schnürchen lief, verdankten wir allein dem Fußball. So hatte das runde Leder einen ähnlichen Effekt auf unsere Beziehung wie Spucke auf der Gummierung eines Briefumschlags. Er verband uns, wenngleich wir nie unzertrennlich waren.

Jenna stand wie ich seit ihrem fünften Lebensjahr auf dem Fußballplatz. Allerdings mehr für ihre Schulen als für einen Sportverein. Was in Deutschland nämlich größtenteils in Klubs organisiert und praktiziert wird, ist in den USA Aufgabe der Bildungseinrichtungen. In keinem anderen Land stellen Colleges, Universitäten und Highschools solch wichtige Sport-Förderungsinstitutionen und Talentschmieden dar.

Fußballklubs gibt es zwar, aber dort spielen nur diejenigen nebenbei, die ein Sportstipendium an einer Hochschule anvisieren und außerhalb der Saison am Ball bleiben wollen. Jenna und ich gingen auf die North Kingstown Highschool – sie in die zwölfte, ich in die elfte Klasse. Schon vor meiner Ankunft meldete sie mich für die sogenannten Try Outs an, eine Art Probetraining, bei dem man sich für die 1. Mannschaft, dem Varsityteam, empfehlen konnte.

Es sollten die laufintensivsten drei Tage meines Lebens werden. Eine Einheit dauerte ungelogen vier Stunden, in denen wir vorwiegend Kondition bolzten. Hier legten die Trainer viel mehr Wert auf Fitness, als ich es von zu Hause her gewohnt war. Den Ball bekamen wir äußerst selten zu Gesicht. Ich glaube, der eigentliche Grund für meine schmerzenden Füße lag weniger in den intensiven Läufen begründet, sondern vielmehr in der Sehnsucht, die meine unteren Extremitäten nach dem runden Leder verspürten.

Bereits nach dem ersten Training kam ich mir vor, als hätte ich ein ausgedehntes Sonnenbad hinter mir: Mein ganzer Körper brannte so sehr, dass mein Muskelgewebe rissiger ausgesehen haben musste als stundenlang von UV-Strahlen abgeknutschte Lippen. Es hätte mich nicht gewundert, wenn nach dieser hohen körperlichen Belastung der Säuregehalt in meinen Waden dem einer Zitrusfrucht geglichen hätte. Sauer macht bekanntlich ja lustig, aber zum Lachen war mir an diesem Abend wirklich nicht zumute.

Am nächsten Morgen fingen wir dort an, wo wir aufgehört hatten: In bester Planierraupen-Manier walzten wir Runde um Runde jeden einzelnen Grashalm im Park platt. Allein um uns in die Stellung für schweißtreibende Bauchmuskelübungen und Liegestütze zu begeben, machten wir ab und an halt. Eine feine Glasur von Boot-Camp-Atmosphäre überzog unsere erhitzten Körper, als wären wir frisch gebackene, typisch amerikanische Angel Cakes.

An diesen Tagen musste der Rasen nicht mehr gewässert werden, das erledigten wir allein mit unseren Schweißperlen. Bei über dreißig Grad im Schatten reagierten unsere Drüsen auf die erhöhte Temperatur wie die Düsen einer Sprinkleranlage, die sich bei heißem Feuer öffnen und Wasser versprühen. Langsam verstand ich, warum Trainieren in den Vereinigten Staaten als »workout« bezeichnet wird. Fußball steht hier ganz unter dem Motto »erst die Arbeit, dann das Vergnügen«, ein Umstand, an den ich mich erst noch gewöhnen musste.

Am dritten und letzten Tag der *Try Outs* machte es bei mir Klick – und damit meine ich nicht das hässliche Geräusch meiner Fußgelenke, die vor Erschöpfung ständig umknickten. Schritt für Schritt, Crunch um Crunch, verstand ich immer mehr, was unsere Trainer mit all dem ganzen Ausdauer- und Muckitraining oberhalb der Gürtellinie bezweckten. Ich begriff, dass Amerikaner den Körper eines Fußballers wie ein Osteopath auffassen: als eine zusammenhängende Funktionseinheit.

Fußballer müssen demnach nicht allein »was in den Beinen haben«, ihr Körper in seiner Gesamtheit soll mitspielen. Du darfst nicht nur mit deinen Füßen denken. Ein kräftiger Rumpf und starke Arme spielen eine mindestens ebenso wichtige Rolle wie technisches Geschick oder aufgeplusterte Schenkel. Ein robuster Oberkörper ist mit einem kompakt stehenden Defensivverbund zu vergleichen, der einer Mannschaft Stabilität, Sicherheit sowie Selbstvertrauen verleiht und somit obendrein für die Zutaten eines gepflegten Offensivspiels Sorge trägt.

In Deutschland beschäftigt sich eine Spielerin weitaus mehr mit dem Ball als mit dem eigenen Körper. Ich konnte nicht leugnen, dass in den Jahren zuvor meine Athletik unter meiner Ball-Fixiertheit deutlich gelitten hatte. In den USA lernte ich, dass es durchaus sinnvoll sein kann, runde Lederkugeln ab und zu weniger als Hauptmahlzeit, sondern wie Nachtisch zu betrachten: Ich schuf zunächst eine gesunde Grundlage und genoss danach in Maßen – dafür aber in vollen Zügen.

21 Fessel mich

Soccer – allein die amerikanische Bezeichnung für Fußball macht deutlich, dass dieser Sport auf der anderen Seite der Fischsuppe ein wenig anders interpretiert wird als hierzulande. Für mich hatte der Begriff immer etwas von einem »Fantasiewort«, das ein abgezockter Scrabble-Spieler, der unbedingt seinen Spielsteinvorrat loswerden wollte, aus der Not heraus erfunden haben musste. Anders konnte ich mir diesen Buchstabensalat einfach nicht erklären.

Heute weiß ich, dass Soccer vom Begriff »Association Football« herrührt und ursprünglich tatsächlich etwas mit Fußball zu tun hat. Und dennoch: Soccer ist nicht gleich Fußball, auch wenn auf den Etiketten die gleichen Inhaltsstoffe stehen mögen. Laufen, Schießen, Dribbeln, Flanken. Bei einem transatlantischen Vergleich bleiben die Zutaten dieselben, ihre Zusammensetzung aber variiert.

Mit dem Fußball verhält es sich also wie mit der berühmten Coca Cola: Auf den ersten Blick scheint der Ballsport und die Koffeinbrause zwar überall gleich. Dabei unterscheiden sich die Versionen beider Länder erheblich von ihrer Rezeptur und dementsprechend im Geschmack. Frauenfußball in den Staaten ist demnach vielmehr von Kampf und Ausdauer geprägt; in Deutschland besitzt er eine verspieltere Note. Außerdem mögen es Amerikaner ein wenig süßer als die Europäer. Kein Wunder also, dass sich auch die Fußballerinnen in den USA diesen kulturellen Vorlieben angepasst haben.

So lassen Soccergirls ihren weiblichen Charme viel mehr

spielen als die Fußballerinnen in Schwarz-Rot-Gold und versuchen ihre Weiblichkeit im wahrsten Sinne des Wortes mit Haut und Haar hervorzuheben. Ergo heißen auf amerikanischen Fußballfeldern höchstens die Trainer Bob; die gleichnamige Frisur besitzt hingegen Seltenheitswert.

Soccergirls müssen vor allem eins sein: süß anzuschauen, sodass man ihnen am liebsten in die Backen kneifen will; ob die im Gesicht oder am Gesäß spielt dabei keine Rolle. Bei meiner ersten Trainingseinheit fielen mir auf Anhieb zwei spezifische Merkmale einer typischen US-Spielerin ins Auge:

1. Ihre Zöpfe sitzen nicht direkt im Nacken, wie in Deutschland üblich, sondern stehen antennenartig vom oberen Hinterkopf ab. Unweigerlich fühlte ich mich an die Schützenfeste in meiner Jugend erinnert. Jedenfalls ragen die Pferdeschwänze allesamt in die Höhe wie die Stromabnehmer-Stangen von den Hecks eines Autoscooter-Fuhrparks, und unerbittliche Zweikämpfe samt Frontalzusammenstößen und Remplern stehen ebenfalls an der Tagesordnung.

2. Im Gegensatz zur derzeitigen Modeerscheinung in Deutschland, bei der die Stutzen wie Strapse über die Knie gezogen werden und bisweilen mit der heruntergezogenen Trikothose gar verschmelzen, erweisen sich die US-Spielerinnen als weitaus freizügiger. Wie einst die deutsche Männernationalmannschaft der Siebzigerjahre zeigen sie Haut. Ihre knapp bemessenen Höschen kommen den Beinkleidern der damaligen DFB-Elf – in denen die Prachtschenkel eines Gerd Müllers besonders schön zur Geltung kamen – erschreckend nah.

In den Staaten haben sich muskulöse Frauenbeine zu wahren Statussymbolen entwickelt, die es bei jeder Gelegenheit zur Schau zu stellen gilt. Amerikanerinnen tragen ihre Sportshorts zwar auch tief auf der Hüfte, stülpen sie aber bis zu zweimal am Bund zusätzlich um, damit auch ja kein Zentimeter der wohl definierten Oberschenkel im Verborgenen bleibt.

Mit diesem Dresscode umgehen die Chicks, wie Mädchen im US-Slang gern vergackeiert werden, heutzutage geschickt die »Vagina verschlingt Hose«-Konstellation, die allgemein eintritt, wenn das Beinkleid so weit über den Bauchnabel gezogen wird, bis sich zwischen ihren Keulen ein Venushügelgraben in epischer Breite abzeichnet. Kein schöner Anblick, wie ich an meiner ersten Französischlehrerin beschämt feststellen musste, und erst recht kein angenehmer Tragekomfort.

Klar, die Gefahr, dass sich vermehrt unschöne Schwangerschaftsstreifen auftun, die sich auf so manchen weiblichen Adduktoren erstrecken wie die rot-weißen Linien der US-amerikanischen Nationalflagge, steigt infolge dieses Stylingtrends. Doch keine Angst meine Herren: Die Mehrzahl der durchtrainierten jungen Schenkel stellt sich vollkommen unpatriotisch »Stars and Stripes«-frei heraus. Solch eine tückische Bindegewebsschwäche kennen amerikanische Fußballerinnen, wenn überhaupt, nur vom Hörensagen oder von ihren sporadischen Besuchen in diversen Fastfood-Restaurants. Auf dem Rasen kommen sie jedenfalls seltener vor als Bobs.

Mit meinem Nackenschwänzchen und den ausladenden

Sporthosen, die bis in die Kniekehlen hingen, bildete ich unweigerlich den Gegenentwurf zum Soccergirl-Einheitsbrei.

Diese Styling-Fauxpas dienten aber längst nicht als einzige Indikatoren für meine europäischen Wurzeln. So stach ich zusätzlich durch meine für den US-Raum unkonventionelle Spielweise hervor.

Wie im Wort »Fußball« rangiert der Ball bei den Amerikanerinnen nämlich lediglich an zweiter Stelle. Der Fuß, sprich das Fortbewegungsmittel der Spielerinnen, besitzt Priorität. Dem Laufen – ob ausdauernd oder im Sprint – messen sie viel mehr Bedeutung zu als in Deutschland. Längst hat sich die Coffee-to-go-Kultur in den USA bis auf die Sportplätze ausgebreitet.

Die Spielerinnen sind ständig unterwegs, immer in Eile, rasten nie. Der Genuss, die Freude am Spiel bleibt dabei meist genauso auf der Strecke wie bei einem Schluck schwarzer Plörre aus dem Pappbecher samt Schnabeltassenaufsatz. Passsicherheit und Ballbeherrschung stellen für viele lediglich eine Zusatzqualifikation dar, so, wie Karamellsirup und Milchschaum einen Espresso verfeinern.

Der US-Fußballverband wartet zwar mit einem riesigen Fundus an Spielerinnen auf, aber massiges Angebot bedeutet nicht unbedingt hochwertige Qualität. Die neumodischen Coffeeshops, die es in den USA mittlerweile so gut wie an jeder Straßenecke gibt, bieten schließlich auch eine üppige Auswahl verschiedenster Kaffeekreationen an. Allerdings hat das, was dir da letztendlich aufgetischt wird, am Ende selten etwas mit dem klassischen aromatischen Bohnennektar gemein. Natürlich gibt es in dem riesigen Spielerinnen-Reservoir eine Menge Diamanten. Doch diese müssen auch erst einmal ausgesiebt werden.

Ich hingegen gehörte zu den Hedonisten unter den Fußballerinnen, die jeden Ballkontakt auskosten und Sahnepässen in die Tiefe sinnenfreudig hinterher pfeifen. Für mich spiegelt ein Fußballplatz das Abbild eines Wiener Kaffeehauses wider, in dem der Genuss an erster Stelle steht und jeder Schluck respektive Berührung des Leders zelebriert wird. Der Ball ist für mich die Kaffeebohne – die wesentliche Komponente –, die das Aroma des Spiels bestimmt. Ihm gilt meine volle Aufmerksamkeit. Im Gegenzug bedankte sich das Leder für diese Wertschöpfung bei mir mit Gehorsam – zwar nicht immer, aber immer öfter.

Viele meiner amerikanischen Mitspielerinnen besaßen derweil offenbar zwei antihaftbeschichtete Teflonpfannen als Füße: Der Ball backte nie an. Auf jeden Fall war ich technisch einigen meiner Mannschaftskolleginnen überlegen, da ich die letzten Jahre viel mehr Zeit in die harmonische Beziehung zwischen meinen Füßen und dem Ball hineingesteckt hatte. Das runde Leder ist gewissermaßen wie ein kleines Kind, das ständig betüddelt werden will. Es reagiert schnippisch, gar eifersüchtig, wenn es nicht genug Zuneigung erfährt, und springt dann auch gut und gern mal sprichwörtlich »im Dreieck«.

Fühlt sich ein Ball nicht sensibel genug behandelt, kann es passieren, dass er sich sogar wie ein verletzter Ehepartner aufführt. Er nimmt für eine Weile Abstand und weist alle Annäherungsversuche entschieden von sich. Dabei möchte ein Ball nichts sehnlicher, als eine feste Bindung eingehen, die auf beiderseitigem Vertrauen basiert – und sei es nur für die wenigen Sekunden, in denen er vom Spann über den Platz getragen wird, wie eine Braut über die Schwelle. Er würde es nie zugeben, aber aus sicherer Quelle weiß ich, dass eine Pille insgeheim total auf Bondage-Praktiken abfährt, sie sich gern in Ketten legen und von Füßen fesseln lässt.

Anhänglichkeit kann das runde Spielgerät hingegen überhaupt nicht leiden. Ab und zu sollte eine Dribbelkünstlerin ihm auch seinen Freiraum gönnen, indem sie ihn gefühlvoll mit einem langen Pass in die Tiefe auf Reisen schickt. Denn wenn du zu sehr klammerst, verlierst du ihn meist schneller, als dir lieb ist.

22 Schweißarbeit

Es wurde allmählich Herbst, die schönste Jahreszeit an der nördlichen amerikanischen Ostküste. In diesen Monaten erstrahlte die Landschaft dort farbenfroher als ein kartenreiches Revierderby. Die Blätter der Bäume färbten sich im Indian Summer wie meine Haut bei exzessivem Bräunen in der Sonne: Erst leuchteten sie gelblich, später feuerrot, und am Ende fiel das braune Laub wie abgestorbene Hautfetzen von den Ästen.

Ich hatte mich in den USA allmählich eingelebt, und die »Fall Season« war im vollen Gange. Ihr müsst wissen, dass der High-School-Sport in drei Spielzeiten eingeteilt ist: in Herbst, Winter und Frühling. In jedem Trimester gibt es andere Sportarten, in denen sich Schüler ausprobieren dürfen. Die Fußballsaison findet selbstredend in den schmuddeligsten Monaten des Jahres statt, von August bis Ende November, wenn der Regen die Plätze durchtränkt, der Boden immer schwerer wird und Grätscheinlagen sich in die Länge ziehen wie der Bremsweg eines Autos ohne Antiblockiersystem.

Ab der Weihnachtszeit probiert sich ein Mädchen meist in Basketball und im Frühling entweder in Volleyball oder Lacross. Kein Wunder, dass einige meiner Mitspielerinnen ein solch zerrüttetes Verhältnis zum Lederball pflegten. Wie zum Teufel soll sich, bitte schön, eine innige Beziehung zwischen ihnen aufbauen, wenn man sich bloß drei Monate im Jahr zu Gesicht bekommt? Ich mein, die Füße und der Ball können körperliche Nähe ja nicht einmal durch Telefonsex suggerieren.

Für mich hatte dieser gewöhnungsbedürftige Saisonmodus den Charakter eines Fremdsprachen-Crashkurses, in dem du dir in kürzester Zeit einen Wust an Vokabeln ins Hirn boxt, sie im Laufe des Jahres nie anwendest und folglich im Nu wieder vergisst. Dabei lernst du Fußball zu spielen genauso wie Spanisch: Nur durch Kontinuität und Übung bleibt etwas hängen – ob der Ball am Fuß oder die Fremdwörter im Gedächtnis.

Trotz meiner Laufphobie schaffte ich es in das Highschool-Varsityteam; meiner Schusskraft und Ballbehandlung sei Dank. Wir trainierten jeden Nachmittag direkt nach dem Unterricht und absolvierten zusätzlich zwei Spiele in der Woche. Ich sage ja, das Ganze grenzte an einen Fußball-Intensivlehrgang. Besonders was die Taktikschulung betraf, sahen sich meine Trainer gezwungen, Themen lediglich anzureißen. Um großartig ins Detail zu gehen, fehlte die Zeit.

Die kurzen Spielvorbereitungsphasen nutzten sie stattdessen lieber für exzessive Laufeinheiten, damit wir die vermeintlichen Defizite im Aufbauspiel und Defensivverhalten durch unsere monströsen Lungenflügel wieder wettmachten. Allmählich hatte selbst ich mich mit dieser Trainingsphilosophie angefreundet. Soccer war in den USA nun einmal mehr ein Lauf- als ein Ballsport, daran konnte ich nichts ändern.

Nach einiger Zeit begann ich sogar Gefallen an dem brutalen Konditionsgebolze zu finden. Jeder Steigerungslauf, jeder Sprint, jeder Liegestütz weckte inzwischen in mir dasselbe Gefühl, das man beim Abkratzen von Schorf verspürt: Es tut weh, hat letztlich aber auch etwas Befriedigendes.

Unser Training fand jeden Nachmittag auf einer riesigen Grünfläche statt, fünf Autominuten von der Highschool entfernt.

Die im Wilson Park einst aus Sand angelegten *Baseball diamonds* schimmerten nur noch verhalten durch die wuchernde Rasendecke. Soccer wuchs im wahrsten Sinne des Wortes über den Baseball hinaus; besser hätte die Realität nicht illustriert werden können. Inzwischen vereinnahmt der Fußball den Wilson Park bis in die letzte Ecke.

So schmiegen sich die insgesamt neun Spielfelder unterschiedlichster Größen, wie die Videospiel-Bausteine im Gameboy-Spiel Tetris, lückenlos aneinander. Eine Umkleidekabine am Rand des Fußballplatz-Puzzles fehlte indes gänzlich. Aus meinem transatlantischen Schamhaar-Vergleich wurde also nichts. Hätte ich mir auch gleich denken können, dass in einem Land, in dem die Umkleidekabine als »locker room« (Schließfach-Raum) bezeichnet wird, eine eher verschlossene Umziehkultur vorherrscht.

Wir als Mädchenteam hüpften jedenfalls nie gemeinsam unter die Dusche; das hätte die Schamgrenze vieler meiner Mitspielerinnen weit überschritten. Selbst nach Auswärtsspielen gab es nicht einmal eine Katzenwäsche. Stattdessen zogen wir unsere flauschigen Jogginganzüge über, die unsere austretenden Körperflüssigkeiten wie Schwämme aufsaugten.

Eigentlich komisch, dass ein solch unhygienisches Verhalten in den USA gang und gäbe ist. Schließlich erntet ein

Schüler hier schon angewiderte Blicke, wenn dieser zwei Tage nacheinander mit demselben Pullover im Unterricht aufkreuzt.

Schweiß, der von sportlichen Aktivitäten herrührt, scheint hingegen niemanden zu jucken. Ganz im Gegenteil. Athleten, die in den USA ein besonders hohes Ansehen genießen, nutzen den etwas streng riechenden Menschensaft aus Spurenelementen, Proteinen, Milch-, Harn- und Fettsäuren gar, um sich zu profilieren. Schweißperlen werden wie Ruhmesketten um den Hals getragen und dienen als eine Art Sportler-Erkennungsmerkmal, das Disziplin und Durchhaltevermögen suggerieren soll. Ich mein, es kommt ja nicht von ungefähr, dass in den USA die Geste »High five« so populär ist. Schließlich springen ausgeprägte Achselflecken beim Armeheben besonders deutlich ins Auge.

Hoffentlich ist jetzt nicht das Bild entstanden, Sporttreibende in den Staaten trügen generell eine stinkende Schweißwolke um sich herum. In der Schule verzichten sie natürlich gern auf diese besonderen Duftnoten.

Wie auch immer, umziehen und duschen mussten wir uns also stets zu Hause. Zum Glück fuhr Jenna zumindest ein Cabriolet, das uns trotz der verschwitzten Sportklamotten frische Luft garantierte. Ich machte mir zusehends sogar einen Spaß daraus, auf dem Nachhauseweg die weißen Salzränder zu beobachten, wie sie unsere Haut im Fahrtwind in Batik-Kunstwerke verwandelten.

Kennt ihr diese Lecksteine, an denen Meerschweinchen lutschen, um ihren Mineralstoffhaushalt auszugleichen? Unsere salzige Epidermis hätte die Nager sicherlich genauso erquickt.

23 Arschkarte

Jeder kennt das Phänomen. Man starrt auf eine helle Wand oder in den blauen Himmel, und plötzlich schwirren kleine schwarze Fussel vor dem Auge herum. »Mouches volantes« – fliegende Mücken – nennen Experten diese drolligen Pünktchen, die unsere Linsen regelmäßig als Aerobic-Matte missbrauchen. Angeblich handelt es sich bei den steppenden Würmchen um harmlose Glaskörpertrübungen, an denen ein jeder Augapfel in seinem Leben zu knapsen hat.

Aber warum stachen mir diese Biester dann ausgerechnet in der Highschool so widerspenstig ins Auge? Vielleicht waren es ja auch die dunklen Schatten des »School Spirits«, jenem Gemeinschaftsgeist, der in amerikanischen Bildungseinrichtungen sein Unwesen treibt. Jedenfalls glaube ich nicht, dass es lediglich am exorbitanten Aufkommen gebleichter Zähne mit Blendungsfaktor lag, dass mir die »Mouches volantes« in jedem Klassenzimmer in Scharen auflauerten.

Selbst wenn ich während unserer Heimspiele einen Blick auf die in Gold getränkte Stadiontribüne warf, geisterten die schwarzen Fäden auf meinen Pupillen umher. Wo ich auch hinsah, die Viecher wanderten in Kolonne sofort in mein Sichtfeld.

Zugegeben, der School Spirit itself war es wohl kaum, der ständig vor meiner Nase umherschlawenzelte. Amerikanische Gemeinschaftsgeister geben sich nicht so leicht zu erkennen, schließlich wohnen die Ghostbusters direkt um die Ecke. Nein, selbst treten die Wesen nie in Erscheinung, dafür sind sie viel zu gewitzt. Stattdessen benutzen sie lieber die Menschen in ihrer Umgebung als Projektionsflächen, um ihre Message zu verbreiten und Anwesenheit zu signalisieren. Ob Schüler, Lehrer, Eltern oder gar Großeltern, der School Spirit bekehrt auf kurz oder lang ganze Familienbanden und bringt sie dazu, seine Farben auf Klamotten und diversen anderen Fanutensilien in die ganze Welt zu tragen. Die dunklen Punkte in meinem Auge erwiesen sich also weder als Ausdruck einer außersinnlichen Wahrnehmung noch einer Glaskörpertrübung. Es handelte sich vielmehr um Menschen aus Fleisch und Blut, die allesamt mit ihren schwarz-goldenen North-Shirts umherspazierten, um Flagge zu zeigen.

Als absoluter Verkaufsschlager des ausufernden Kingstown-Fanartikel-Inventars zeigte sich zu meiner Zeit die gemütliche Jogginghose samt breitem NORTH-Schriftzug quer über den Allerwertesten. Wirklich entzückend die Teile und so passend, wie ich finde. Schließlich haben menschliche Hintern einiges mit dem Norden beziehungsweise dem Nordpol gemeinsam. Auf jeden Fall weht um Gesäßbacken ab und an ein ähnlich »raues Lüftchen«.

Vor allem die männliche Zunft begrüßte diese neue Modeerscheinung, erwies sich die Frage »Sorry, was steht da?« für sie doch ab sofort als Freibrief für offenkundige Begutachtungen weiblicher Kisten.

Die lokale Highschool geht folglich niemandem im Ballungsraum North Kingstown am Arsch vorbei – und das im wahrsten Sinne des Wortes. Selbst wir Fußballerinnen konnten somit stets auf eine üppige Fanunterstützung zählen.

Die meisten Zuschauer lockte indes unentwegt unser Football-Team an, zu dessen Partien die Stadiontribüne einem Stück schwarz gesprenkeltem Mohnkuchen mit NORTH-Zuckergussverzierungen glich. Selbst ich konnte mich für diesen Eiertanz namens American Football begeistern.

Warum? Wahrscheinlich lag es daran, dass der sogenannte Snap – der Moment, wenn der Center den Ball zu Beginn eines Spielzugs gebückt durch die Beine dem Quarterback übergibt – Heimatgefühle in mir weckte. Denn genau die gleiche Stellung pflegte auch meine Oma zum Unkrautzupfen im Garten einzunehmen: Oberkörper nach vorn beugen, Po raus, und los ging das Gerupfe. Ach Omi, was hab ich dich vermisst.

Meine Sympathien gegenüber dem amerikanischen Volkssport hielten sich wegen der riesigen Krater, die Footballer auf Sportplätzen gern hinterlassen, allerdings in Grenzen. So fräsen ihre Spikes oftmals solche Furchen ins Gras, wie sie sonst nur in Gesichtern ehemaliger Akne-Patienten vorkommen. Eine Unebenheit reiht sich an die nächste. Da war es kaum verwunderlich, dass unser Spielaufbau aufgrund der widrigen Platzverhältnisse manchmal hakte – wie der Redefluss eines nervösen Referenten im Biologieunterricht.

Sportplätze in den USA sind wirklich eine Sache für sich. Hier bekommt der Begriff »heiliger Rasen« gleich eine ganz andere Bedeutung. Fluchen, das auf deutschen Fußballfeldern fast schon zum »guten Ton« gehört, ist nämlich auf den grünen Wiesen der USA verpönter als in den Gotteshäusern. Schimpfwörter gelten hier als genauso unangebracht wie unnötige Fehlpässe direkt in den Lauf des Gegenspielers und entfachen dasselbe charakteristische empörte Raunen auf den Zuschauerrängen.

Dabei machen doch die Pöbeleien gegen Schiedsrichter am meisten Spaß. Und Schweinebälle, die im Nirwana landen, haben es meiner Meinung nach gar nicht anders verdient, als die obligatorischen F- und S-Wörter hinterhergepfeffert zu bekommen. Hätte ich ihnen etwa noch eine Kusshand zuwerfen sollen? Ich bitte euch! Nein, Blümchen-Sprache auf dem Sportplatz kam für mich nicht in die Tüte. Da hätte ich mich ja gleich den Cheerleadern anschließen können.

Natürlich kam ich als Austauschschülerin nicht drumherum, mich den Sitten in meinem Gastland ein wenig anzupassen. Das hieß aber nicht, dass ich komplett auf meine verbalen Ausfälle verzichtete. Um meine Bedürfnisse ausreichend zu befriedigen, fluchte ich halt auf Deutsch. Und wenn mir bisweilen aus Versehen doch mal ein englisches Schimpfwort über die Lippen rutschte, besänftigten meine Mitspielerinnen die aufgebrachten Linienrichter mit den Worten »Sorry, she is German«. Meistens drückten diese dann sogar ein Auge zu; schließlich kannte es das arme Mädchen aus Deutschland nicht anders und brauchte anscheinend noch ein wenig Zeit zur Akklimatisierung.

Ach ja, die USA machten ihren Ruf als Land der unbegrenzten Möglichkeiten wirklich alle Ehre. Hier konnte ich sogar Schiedsrichter als Blindschleichen bezeichnen und sah danach nicht einmal die Arschkarte. God bless you, America!

24 Winziger Lümmel

Seit meinem ersten Tag in den Vereinigten Staaten – ach, was rede ich da –, schon lange vor meiner Ankunft war ich auf der North Kingstown High in aller Munde. Diejenigen unter euch, die der angelsächsischen Sprache mächtig sind, können sich wahrscheinlich bereits denken, warum. Richtig, es war mein Name, der bei den Amerikanern für zuckende Grübchen sorgte.

So war schon mein Vorname »Tiny«, der mit dem englischen Wort »winzig« gleichzusetzen ist, schon ulkig genug. Doch mein Nachname »Peter« setzte dem Ganzen die Krone auf. Wie mich Jenna gnädigerweise aufklärte, findet nämlich die Wortkombination »tiny Peter« in US-amerikanischen Gefilden Verwendung als Synonym für das etwas zu klein geratene primäre männliche Geschlechtsorgan und bedeutet, sinngemäß ins Deutsche übersetzt, so viel wie »winziger Lümmel«.

Kein Wunder, dass sich einige meiner Mitschüler vor Lachen kringelten wie ein Donut, als ich mich ihnen vorstellte. Selbst der Hinweis, mein Name werde nicht »Teini«, wie es Jenna fälschlicherweise vor meinem Eintreffen herumposaunt hatte, sondern »Tini« ausgesprochen, entkrampfte ihre Zwerchfelle verschwindend gering. Sogar meine Lehrer konnten sich das Schmunzeln nicht verkneifen, als sie am ersten Schultag die Anwesenheitslisten durchgingen und mit skeptischen Unterton in die Runde gluksten: »You must be joking! Who the heck is Tiny (kicher, kicher) Peter?«

Wenn ich so recht darüber nachdenke, machte ich meinem Namen buchstäblich alle Ehre: Für eine Sechzehnjährige war ich mit meinem Gardemaß von einem Meter sechzig wirklich ziemlich klein geraten, und bei körperlich anstrengender Betätigung sammelte sich in meinem Gesicht das Blut, als handelte es sich bei meiner hochroten Birne um den erregten Schwellkörper eines Mannes.

Da bekommen Redewendungen wie »Kopf hoch!« oder »Lass den Kopf nicht hängen!« für mich völlig unverhofft gleich eine ganz andere Bedeutung. Mein Name war also Programm, doch ich nahm es mit Humor. Schließlich zauberte ich auf diese Weise meinem Gegenüber stets ein breites Grinsen ins Gesicht, und jedem in der riesigen 4000-Seelen-High-School war ich auf Anhieb ein Begriff.

Aber ich will noch einmal auf das Erröten meines Kopfes zurückkommen: So eine puterrote Murmel geht einem Mädchen in ihrer pubertären Blüte nämlich ganz schön auf die Nerven – vor allem wenn sich diese Uli-Hoeneß-Gedächtnis-Rübe wie die Glut eines Feuers verhält und noch Stunden nach dem Sport vor sich hin glimmt. Selbst beim abendlichen Dinner strahlte meine Glühbirne meist so stark, dass mich jede Mücke im Umkreis von hundert Metern als Landebahn anpeilte.

Obwohl ich über eine ordentliche Kondition verfügte, verfärbte sich mein Kopf nach nur wenigen Minuten. Gemeinsam mit diesem ulkigen, weißen Warndreieck, das sich manchmal mitten im Training wohl aufgrund von Sauerstoffmangel um meine Nase und Mundwinkel bildete, hätte mein Gesicht auch gut als ein gereizter, mit einer Ladung

Puder berieselter Babypopo durchgehen können.

Eine positive Nebenwirkung hatte meine Krebsoptik aber durchaus: Wenn Jenna und ich nach dem Training einen Abstecher zu Walmart machten, bekam ich oft aus Mitleid von einer besorgten Verkäuferin eine Handvoll Gratisproben Sunblocker und Aloe Vera in die Hand gedrückt. So hatte ich für meine Nase stets einen Klecks Sonnencreme parat. Wirklich gastfreundlich diese Amerikaner!

Kommen wir aber zurück zum Wesentlichen. Die Highschool-Soccer-Saison neigte sich allmählich dem Ende zu, und wir dümpelten irgendwo in der öden Prärie der Tabelle herum. Um uns nichts als Steppe – weder die Spitzengruppe noch das Schlusslicht in der Nähe. Hatten wir ein Schwein, dass die USA ihre Lebensphilosophie »vom Tellerwäscher zum Millionär« auch im Sport verfolgen. Dank der Play-offs mussten selbst wir, die grauen Mäuse der Liga, unseren Traum vom Titel trotz durchwachsener Leistungen noch nicht begraben.

Im Achtelfinale der K.-o.-Runde, in der die besten sechzehn Mannschaften der Staffeln Nord und Süd nochmals gegeneinander antraten, wartete Lokalrivale South Kingstown auf uns – eine Mannschaft, gespickt mit sogenannten Fußball-Streberinnen, die zwar viel Ehrgeiz und Fleiß an den Tag legen, dafür aber die Liebe zum Spiel vermissen lassen. Ein erprobter Fußballreporter würde sagen: »Sie spielen ihren Stiefel runter.« Soll heißen, sie handeln nie aus dem Bauch heraus, sondern kalkuliert. So wirken all ihre Spielzüge einstudiert, als hätten sie das Kreuzen, Hinterlaufen oder die Abseitsfalle per Karteikartensystem erlernt.

Die South-Girls ordneten demnach jeder Spielsituation einen bestimmten Lösungsansatz zu, den es dann strikt zu befolgen galt. Ihre Ballstafetten waren keine Zufallsprodukte, sondern präzise Algorithmen, die einer genau definierten Handlungsvorschrift unterlagen. Das machte sie zwar einerseits berechenbar, aber nicht minder gefährlich.

Selbst wenn wir wussten, wo der Ball hinging, hieß das noch lange nicht, dass wir an ihn rankamen. Häufig waren ihre Pass- und Laufwege einfach zu gut aufeinander abgestimmt, sodass selbst die vorausschauendsten Gegenspielerinnen oft einen Schritt zu spät kamen. Zum Glück handelte es sich bei den South-Girls um Menschen – und Menschen machen gern auch mal Fehler. Genau in diesem Ansatz sahen wir unsere Chance.

Am Abend vor dem Derby stimmten wir uns wie immer geschlossen auf das anstehende Match ein. »Pasta Party« heißt dieser Brauch, bei dem jede Spielerin einmal in der Saison ihre Mannschaftskameradinnen zu sich nach Hause zum Dinner einlädt, um sich gemeinsam eine riesige Ladung Kohlenhydrate hineinzuschaufeln. Das fördert – laut der Amerikaner – nicht nur den Teamgeist, sondern obendrein auch die Leistungsfähigkeit.

Am liebsten tischten die Mütter das Urviech aller sportlergerechten Energielieferanten auf: Nudeln in Tomatensoße mit golfballgroßen Hackfleischbällchen – in Deutschland in etwas abgewandelter Form auch als Spaghetti Bolognese bekannt. In den USA fällt einfach alles, aber auch wirklich alles ein wenig größer aus. Selbst wenn es sich um so etwas Banales wie Fleischklöpse handelt.

Amerikanische Hausfrauen kämen nie auf die Idee, einen Batzen Fettaugen in der Tomatensauce einfach zu zerstückeln, so wie es ihre fußballspielenden Töchter mit labilen Abwehrformationen gern vollführen. Da hätten sie ja gleich das Lieblingsgericht ihrer mexikanischen Nachbarn, Chili con Carne, kredenzen können. Stattdessen formen sie lieber, getreu dem Motto »Think Big«, Bulettenkolosse, die einem sprichwörtlich das Maul stopfen.

Es wird also niemanden verwundern, dass während meines USA-Aufenthalts die Waage auf einem Dauerhoch stand – und das trotz täglichen Sports. Klar, der permanente Muskelzuwachs trug sicher ebenfalls seinen Teil dazu bei. Gleichwohl ließ sich der stattliche Speckmantel, der sich zusehends um meine prallen Muckiberge legte, bei Leibe nicht wegdiskutieren. Das war aber halb so wild, machte dieser ohnehin dank der umliegenden Muskeln eher den Eindruck eines knusprig gebratenen Bacon-Steifens, anstatt unästhetisch umherzuwabbeln. Eine erneute Mutation zum Michelin-Männchen blieb mir somit jedenfalls erspart.

Ich merkte zwar, dass ich das eine oder andere Pfund mehr über den Platz schleppte, trotzdem beeinflusste die Gewichtszunahme nur unwesentlich meine Leistungen. Ganz im Gegenteil! Ich fühlte mich fitter denn je und nahm buchstäblich eine immer gewichtigere Rolle im North-Team ein – ganz nach der Devise »quadratisch, praktisch, gut«.

25 Zehenspitzengefühl

Gut genährt ging es am Derbyday im klassischen schwarzgelben Schulbus ins zwanzig Autominuten entfernte South Kingstown. Auf der Fahrt blickte ich aus dem Seitenfenster auf die sich eng an den Straßenrand drängenden Laubbäume. Wie Cheerleader beim Einlaufen der Mannschaften auf das Spielfeld bildeten sie eine Gasse und winkten uns mit ihren goldenen Blätterpuscheln hinterher. Selbst Mutter Natur schien diesmal ausnahmsweise auf meiner Seite zu sein.

Die Sonne lag bereits halb unter der Decke des Horizonts, als wir in den ersten Flutlichtstrahlen unser Warm-up starteten. Ich weiß nicht, wie es euch geht, aber ich für meinen Teil konnte Aufwärmphasen nie viel abgewinnen. Klar, gegen kurzes Anschwitzen mit Ball, Torschussübungen und höchstens eine Handvoll Sprints hatte selbst ich nichts einzuwenden.

Aber wenn ein Trainer denkt, er müsse seine Pappenheimer wie Mikrowellenfraß auftauen, indem er sie fünfzig Minuten lang ihre Kreise ziehen lässt, dann fehlt mir dafür ohne Frage jegliches Verständnis. Ich mein, ich bin kein Trainerfuchs, aber ist es nicht kontraproduktiv, wenn sich Fußballerbeine durch zu intensives Aufwärmen bereits vor Spielbeginn anfühlen wie zerkochter Spargel?

Mein Highschool-Coach zum Beispiel ließ uns leidenschaftlich gern minutenlang auf der Stelle skippen, damit sich die Kerntemperatur in unseren Gliedern ja auch gleichmäßig verteilt. Manchmal schien es fast so, als könne er von unserem Getänzel nicht genug bekommen. Die Tippelschritte versetzten ihn regelrecht in Trance. Kaum verwunderlich, wirkten auf Zehenspitzen laufende Frauen seit jeher sehr erotisierend auf Männer.

Vermutlich ist Skipping so eine Art moderne Variante des »Lotusschritts« – jenes aufreizende, wankende Tippeln der Frauen im alten China, das durch das brutale Abbinden der Füße hervorgerufen wurde und jahrhundertelang auf die Männer aus dem Reich der Mitte wie ein Aphrodisiakum wirkte.

Das würde jedenfalls erklären, warum der Coach uns so beharrlich auf Zehenspitzen stellte. Eine solch von Schweiß erfüllte Erotikshow bekommt »Mann« schließlich nicht alle Tage geboten.

Aufwärmphasen dienen jedoch nicht nur der körperlichen, sondern auch der seelischen Spielvorbereitung. Um all seine Konzentration für das anstehende Match zu bündeln, gibt es vielerlei Möglichkeiten. Manche versuchen es beim Stretching in bester Yogi-Manier, andere, indem sie beim Warmlaufen das gegnerische Tor keine Minute lang aus dem Auge verlieren. Meine persönliche Empfehlung: jonglieren. Das rhythmische »Ansaugen« des Balls wirkt auf zappelige Füße beruhigend wie ein Nuckel.

Gegen South Kingstown half indes selbst diese Meditationstechnik wenig. Meine Beine hörten einfach nicht auf zu zucken, und mein Kopf schien nach dem »heißen« Aufwärmprogramm röter denn je. Ich stand am Anstoßkreis und strich mit der Sohle über den Ball, als wollte ich ihn wie Mürbeteig mit einem Nudelholz ausrollen. Salziger Schweiß ummantelte meine Lippen. Jetzt hieß es: bloß nicht in

Schnappatmung verfallen.

Ich schaute zurück zu Jenna. Ihre Anwesenheit beruhigte mich, als stieße sie baldrianähnliche Dämpfe aus. Meine Gastschwester in meinem Rücken zu wissen, machte mich gleich wieder ein paar Zentimeter größer. Mich verblüffte es immer wieder, wie sie mit ihrer bloßen Präsenz unserem gesamten Team Sicherheit gab.

Das Besondere an Jenna war, dass sie amerikanische Tugenden wie Durchsetzungskraft und Explosivität mit Leichtfüßigkeit und Raffinesse kombinierte. Äußerlich sah sie mit ihrer Kopfantenne und ihren freizügigen Hosenbeinen zwar haargenau so aus wie das typische »American Soccergirl«; gleichwohl schlug in ihrem Inneren das Herz einer Leder-Hedonistin. Ihr Stil mit dem Ball umzugehen – die Mischung aus Feinfühligkeit und Brachialgewalt – inspirierte mich. Wie eine Muse kitzelte sie mit ihrer bloßen Anwesenheit Höchstleistungen aus mir heraus und förderte so insgeheim meine eigene Kreativität.

Ein greller Pfiff riss mich aus meinen Gedanken. Ich holte ein letztes Mal tief Luft und stupste den Ball sanft mit der Sohle vom Mittelpunkt.

South schnürte uns von der ersten Minute an in der eigenen Hälfte ein. Wir konnten tun und lassen was wir wollten, unser Gegner schien immer in Überzahl, uns stets einen Schritt voraus. Jedes South-Girl wirkte durch ihre zahlreichen Schatten, die das Flutlicht in alle Himmelsrichtungen projizierte, wie ein Ninjastern, der unseren Spielaufbau mit seinen rasiermesserscharfen Zacken barbarisch zerschnitt. Wie Wurfgeschosse bohrten sie sich bei jedem Zweikampf in unsere Beine und blieben dabei so tief stecken, dass sie uns regelrecht bewegungsunfähig machten.

Meine Füße fühlten sich nach der ersten Halbzeit an, als hätte jemand mit ihnen »Hau den Lukas« gespielt. Kein Wunder, wenn im Minutentakt eine Handvoll Stollen deine Schuhe perforiert.

Die Schattenkriegerinnen aus South Kingstown zerstörten unser Spiel auf eine so brutale Weise, wie ich es selten erlebt hatte. Besonders ihre Kapitänin machte sich einen Spaß daraus, meine Versuche zu unterbinden, unser Offensivspiel anzutreiben.

Mit ihren zwei ach so süßen Zöpfen und ihrem Hang zum fußballerischen Vandalismus erinnerte sie mich an eine erzürnte Rotzgöre aus meiner Kindergartengruppe, die ständig meine architektonischen Meisterwerke in der Sandkiste in Schutt und Asche legte. Und das nur, weil ich sie nicht mitspielen lassen wollte. Da wurde mir klar: Mit einem Fußballspiel verhält es sich wie mit einer Sandburg. Es ist einfacher, es zu zerstören, als es mit Kreativität zu errichten.

Wir wehrten uns gegen dieses Naturgesetz bis zur letzten Spielminute – vergeblich. Das Spiel endete 0:2. Wie seinerzeit in der Sandkiste saß ich nach dem Abpfiff da: mit Tränen in den Augen, dreckigen Knien und einem so verknautschten Gesicht wie eine geballte Faust. Fußball kann so grausam sein.

26 Meine Schokoladenseite

Die Enttäuschung über die herbe Derby-Niederlage nagte eine ganze Weile an mir. Da mit dem Viertelfinal-Aus unsere Saison ein jähes Ende genommen hatte, konnte ich meine angestaute Wut selbst im Training nicht wegschwitzen. In diesem Moment beneidete ich meine ehemaligen Mannschaftskameradinnen, die, ohne mit der Wimper zu zucken, ihre Stollenschuhe gegen diese Ungetüme von hypergedämpften Basketball-Boots eintauschten und beim Körbewerfen das Negativerlebnis von einem Tag auf den anderen abschütteln konnten.

Da ich einen Ball aus Prinzip lediglich beim Einwurf in die Hand nahm und für diesen Hallensport ohnehin etwas zu klein geraten war, blieb mir nichts anderes übrig, als meinen aufgestauten Ärger irgendwie anders los zu werden. Also schluckte ich ihn runter.

Mein Magen schien die verbitterten Häppchen allerdings nicht so richtig zu verdauen. Wann immer mir eine South-Trulla in den folgenden Wochen über den Weg lief, stieß der Unmut in meiner Speiseröhre abrupt wieder auf und hinterließ einen solch stechenden Schmerz, als würde ich an Sodbrennen leiden. Besonders schlimm war es, wenn ich Gretel Hummel begegnete, der Kapitänin, die aufgrund ihres Wuchtbrummen-Körpers in Verbindung mit ihren roten Haaren durchaus als eine Kreuzung zwischen Meister Eder und Pumuckl hätte durchgehen können.

Ich verbot mir allerdings jegliches Kopfkino, das den geschlechtlichen Fortpflanzungsakt meines Lieblingsklabautermannes mit seinem bierbauchigen Schreiner szenisch umsetzte. Sobald Gretels und meine Blicke sich trafen, sammelte sich auf meinen Lippen so eine Art schaumiger Mundkäse, der verdächtig dem eines tollwütigen Frettchens ähnelte. Ich reagierte auf ihre Anwesenheit so extrem wie ein Allergiker auf Hausstaubmilben-Kot. Und das aus zwei Gründen:

1. Die beiden Tore, die wir kassierten, waren auf Gretel Hummels Mist gewachsen. Was wir auch unternahmen, wir kriegten sie an diesem Abend einfach nicht zu greifen. Ihre Haut sonderte einen solch glitschigen Schweißfilm ab, dass sie unseren Verteidigerinnen jedes Mal wie ein Stück Seife aus den Händen glitt. Beim ersten Treffer rutschte sie schnurstracks zwischen unserer Abwehrformation hindurch und zerfetzte das Netz durch einen hässlichen Schuss mit der Pike.

Den zweiten Streich vollführte sie, indem sie sich mit Ball am Fuß durch das gesamte Mittelfeld wurstelte, jeden von uns dabei ihren nacktschneckenartigen Ellenbogen unter die Nase rieb und zu guter Letzt unserer Torhüterin einen Beinschuss verpasste. Und

2. trat mir Gretel neunzig Minuten lang so oft auf die Füße, wie eine obsessive Abnehmwillige täglich auf die Kontrollwaage steigt. Die Folge: Mein linker kleiner Zeh ist seitdem vollkommen bewegungsunfähig. Als suche er Schutz vor drohenden weiteren Tritten, schmiegt er sich seit jenem Tag an seinen benachbarten großen Bruder und wirkt dabei wie eine paralysierte kleine Made.

Ja, ihr habt übrigens richtig gelesen. Gretel Hummel heißt

das Mädchen, das es auf meine Extremitäten abgesehen hatte. Während hierzulande solch Grimm'sche Namen mittlerweile als Rarität angesehen werden, stehen Amerikaner, besonders jene mit deutschen Wurzeln, wie nie zuvor auf solch altertümliche Namen wie Gretel, Hans oder Heidi.

Aber was soll man anderes von Völkern erwarten, die zum Frühstück gern fettige Bratwürstchen mit Ahornsirup verputzen? Geschmacksverirrung kennt im Land der unbegrenzten Möglichkeiten jedenfalls viele Muster. Und da soll sich noch mal jemand über Tiny Peter beömmeln.

Entschuldigt meinen Zynismus, aber ein verlorenes Spiel in Kombination mit einer schmierigen Hassspielerin ist nun einmal eine extrem hochexplosive Mischung.

Jetzt aber genug der »Gretchenfrage«. Ich hatte immer große Probleme, Niederlagen wegzustecken. Seit meiner Kindheit löste das Verdauen von Misserfolgen in mir eine Art Reizdarmsyndrom aus: Selbst bedeutungslose, verloren gegangene Trainingsspielchen blähte ich zu meiner ganz persönlichen »Schmach von Córdoba« auf, ich tobte im Kabinengang umher wie der Norovirus im Verdauungstrakt, und die grimmigen Laute, die ich dabei von mir gab, erinnerten stark an rumorende Darmgeräusche – die Vorboten eines aufziehenden Donnerwetters.

Nein, Niederlagen haben mir noch nie geschmeckt, selbst wenn jemand versuchte, sie mir schönzureden. Mag ja sein, dass man tatsächlich seine Lehren aus ihnen ziehen kann. Trotzdem missfällt es mir, Pleiten zu bagatellisieren. Ich mag es nicht, wenn Ungenießbares in ein positives Licht gerückt wird, so wie es die freundlichen Damen an der

Fleischtheke im Supermarkt zu tun pflegen, wenn sie versuchen, ekelerregendes, gebackenes Schweineblut als eine verführerische Delikatesse namens »Black Pudding« – in Deutschland als Blutpudding bekannt – zu verkaufen. Pfui Teufel!

Eine ausgeprägte Abneigung gegen Niederlagen hat aber durchaus auch etwas Gutes. Mich zumindest trieb sie immer zu Höchstleistungen an. Mit ihrer Hilfe wuchs ich manchmal sogar über mich hinaus. Ich bin mir sicher, ohne sie wäre ich nur eine halb so gute Fußballerin geworden. Wenn ich heute darüber nachdenke, ist Ehrgeiz wie Schokolade: Einerseits kann er für Glücksgefühle sorgen, andererseits auch Verstopfungen auf dem Karriereweg verursachen. Vor allem, wenn man so viel von ihm intus hat, dass er zu unkontrollierten Wutausbrüchen führt. Ich schätze, wenn ich all meine aufgebrummten disziplinarischen Auszeiten in Form von frühzeitigem Duschengehen addierte, käme bestimmt ein gutes Jahr zusammen, das ich, im Nachhinein betrachtet, sinnvoller hätte nutzen können.

Ich glaube sogar, dass die Gelüste auf Schokolade und sportspezifische Tobsuchtsanfälle in direktem Zusammenhang stehen. Je lieber eine Fußballerin süß-klebrige Kakaomasse verzehrt, desto weniger verspürt sie das Verlangen auszurasten und läuft Gefahr, hormonell buchstäblich zu übersäuern. So war es zumindest bei mir. Als Kind konnte ich der braunen Süßigkeit überhaupt nichts abgewinnen – außer sie war weiß oder kam als putziger Weihnachtsmann daher. Bei Niederlagen hingegen tickte ich vollkommen aus und verhielt mich so, als wäre ich von einem Dämon besessen.

Mit Eintritt der Pubertät stieg meine Gier nach Schokoriegeln; parallel dazu ebbte meine Impulsivität langsam ab. Heute kann ich zwar keiner Praline mehr widerstehen, habe dafür aber meine Ausraster weitgehend unter Kontrolle. Ich zeige mich im wahrsten Sinne des Wortes von meiner Schokoladenseite und versuche, meine innere Wut im Zaum zu halten. Für mich ist die Sache klar wie Kloßbrühe: Zwischen dem Konsum von Schokolade und cholerischem Sozialverhalten auf dem Fußballplatz besteht mit Sicherheit ein unmittelbarer Zusammenhang. Da wette ich meinen verschwitzten Sport-BH drauf.

27 Steiler Zahn

Fußballteams haben einen Aufbau wie ein Gebiss: Vorn beißen die Stürmerinnen in beherzter Frontzähne-Manier zu, die »Außen« glänzen in permanenten Auf-und-Ab-Bewegungen als nimmermüde Vorbereiter, und in der letzten Reihe zermahlen robuste Verteidiger alles, was ihnen in die Quere kommt.

Mannschaften stellen wie Ober- und Unterkiefer im Idealfall eine eingeschworene Einheit da, in der jeder eine bestimmte Position und Aufgabe bekleidet. Stößt nun eine neue Spielerin dazu, reagiert ein eingespieltes Teamgefüge häufig so neuralgisch wie eine Kauleiste, die sich plötzlich mit einem zusätzlichen Weisheitszahn herumschlagen muss. Eine eingeschworene Truppe macht es Neulingen oft schwer, zu ihnen durchzudringen. Viele der Verwurzelten stellen sich anfangs quer, befürchten, abgeschoben zu werden, oder ihren angestammten Platz für die Konkurrenz räumen zu müssen.

Auch ich kaute im Zuge meiner Vereinswechsel manch mühsamen Integrationsprozess durch. Vor allem als zwölfjähriger Mimikry-geschädigter Pilzkopf rieb ich mich zu Beginn an meinen neuen Mitspielerinnen auf. Bis das »Zahnfleisch gebrochen« war und mich die Mädchen als eine von ihnen ansahen, dauerte es bestimmt drei Wochen. Vermutlich kam ihnen meine Eieraffäre, die ich in der ersten Kennlernphase gleich ganz offen und unverblümt preisgab, zu suspekt vor. Doch trotz meiner sündhaften Vergangenheit wusste ich den eingeschworenen Haufen schließlich zu überzeugen – sowohl charakterlich als auch sportlich.

Da ging das ganze Eingewöhnungsprozedere in den USA bedeutend reibungsloser über die Bühne. Ob es an meinem charmanten deutschen Akzent lag? Jedenfalls knirschte wegen meiner Anwesenheit kein Soccergirl mit ihren Zähnen, weder im Herbst auf der Highschool noch bei den Rhode Island Rays, denen ich mich im Frühjahr anschloss.

Statt sich in einer Ligatabelle hoch und runter zu hangeln, tingelte mein neuer Fußballclub an der Ostküste von einem College-Sichtungsturnier zum nächsten. Dort galt es, den Coaches der renommiertesten Universitäten schöne Augen oder, besser gesagt, schöne Beine zu machen, damit diese uns am besten gleich ein hoch dotiertes Sportstipendium beherzt in den Ausschnitt – pardon, Schienbeinschoner – steckten.

Solch finanzielle Leckerlis sind in den USA heiß begehrt. Ein Blick auf die schwindelerregend hohen Studiengebühren erklärt, warum. Es ist also anzuraten, sich bei diesen Fußball-Castings als besonders »steiler Zahn« im sportlichen Sinn hervorzutun. Denn um in den Staaten an einer Uni angenommen zu werden und dazu noch finanzielle Unterstützung zu bekommen, bedarf es seit jeher weniger Grips im Hirn als Muckis in den Waden. Sicher spielen bei der Studienvergabe schulische Leistungen auch eine Rolle. Ein womöglich etwas niedriger IQ kann aber durchaus durch Tore, Touchdowns oder Homeruns entscheidend aufgepeppt werden.

Im Vergleich zur Highschool fiel die Leistungsdichte bei den College-Sichtungsturnieren enorm hoch aus. Das Spiel, das hier aufgezogen wurde, hatte mit dem »Schulball« nicht mehr viel gemein. Die Spielerinnen der Rays fassten den Fußball nicht als Zeitvertreib oder gar als Beschäftigungstherapie auf, die sie bis zum heiß ersehnten Start der Basketball-, Volleyball- oder Softball-Saison bei Laune halten sollte.

Fußball war für sie viel mehr als das, er war ihre Zukunft, Entscheidungsträger über ihren weiteren Lebensweg. Ich wusste nicht so recht, ob ich es gut heißen sollte, dass in den Vereinigten Staaten Sport und Bildung so eng miteinander verzahnt waren. Bei vielen Spielerinnen überkam mich das Gefühl, als würde dieser Umstand sie irgendwie zügeln. Sie spielten zwar alle einen feinen Ball und besaßen einiges an taktischem Know-how, gingen aber für meinen Geschmack zu selten ein Risiko ein. Schließlich blieb jeder Fehlpass im Notizblock der College-Trainer hängen wie die Insekten an der Windschutzscheibe.

Ich mochte diesen eisigen Film des Ernstes nicht, der sich wie Raureif über die Fußballerinnen legte. Er ließ ihr Spiel steif erscheinen, gar fantasielos. Sie beherrschten zwar alle das Große-Fußball-Einmaleins aus dem Effeff. Doch wenn es darum ging, schöpferisch tätig zu werden, das Spiel nicht nur zu lesen, sondern mit eigenen Ideen zu füllen und zu formen, stießen viele von ihnen an ihre Grenzen.

Amerikanern wird ja allgemein nachgesagt, sie schauten nicht über den Tellerrand hinaus und würden Expeditionen ins Unbekannte meistens mit großer Skepsis begegnen. Da Fußball bekanntlich ein »Spiegel der Gesellschaft« ist – soziale Realität nicht vor den Kreidebegrenzungen der Spielfelder halt macht –, sollte es niemanden verwundern, dass ich dieses Verhalten selbst auf dem grünen Rasen beobachten konnte.

So hielten die Spielerinnen in den USA ihre Positionen meist strikt ein, und Ausflüge nach vorn oder auf die andere Seite gehörten zur Ausnahme. Ganz nach der Prämisse »Fußball sei Rasenschach« bewegten sich viele von ihnen in vordefinierten Laufzügen. Die Stürmerinnen kreuzten diagonal wie Läufer im Zickzackkurs über das Spielfeld, die Links- und Rechtsaußen rannten wie Türme die Seitenlinie geradewegs rauf und runter, und im Mittelfeld musste die eine oder andere bewegliche Springerin um die Ecke denken, um ihrer Gegenspielerin zu entkommen. Ist das nicht paradox?

Ausgerechnet in den Vereinigten Staaten, wo Freiheit angeblich besonders großgeschrieben wird, machten Fußballerinnen selten Gebrauch davon.

Ich hingegen versuchte meinen Entdeckungstrieb, der bekanntlich schon seit meiner Kindheit in mir tobte, trotz der besagten Umstände, immer aufrechtzuerhalten. So blieb ich während meiner Zeit bei den Rhode Island Rays stets ein Freigeist auf dem Platz, der die Weite des Spielfeldes auskostete, als wäre es ein Meer aus Grashalmen. Anscheinend war das abenteuerlustige Michelin-Männchen partout nicht aus mir raus zu kriegen.

Zum Glück, denn wie meinte César Luis Menotti, Argentiniens ehemaliger Nationaltrainer und größter Verfechter des »schönen Fußballs« einst so treffend: »Eine Mannschaft ohne Abenteurer ist wie ein Land ohne Poesie.«

28 Rückwärtsbewegung

Keine Fußballerin ist perfekt, jede offenbart Stärken und Schwächen. Ich zum Beispiel tat mich immer mit der Rückwärtsbewegung schwer. Nach vorn trugen mich meine Füße jederzeit gern. Doch wenn es in die entgegengesetzte Richtung ging, muckten sie komischerweise ständig rum. So nahm ich in Momenten des Ballverlusts leider oftmals das phlegmatische Temperament einer Energiesparlampe an. Mit anderen Worten, ich kam nicht in die Puschen. Zwar konnte ich mich oft dazu bewegen, nicht einfach stehen zu bleiben, doch ähnlich wie die Ökolampe ein Weilchen benötigt, um nach dem Einschalten ihre volle Leuchtkraft zu entfalten, brauchte auch ich beim Umschalten eine gewisse Aufwärmphase.

Verrückterweise färbte dieses behäbige Verhalten auf meine Aktivitäten abseits des Fußballfeldes ab. So fiel mir nach zwölf Monaten USA-Aufenthalt die »Rückwärtsbewegung« Richtung Deutschland schwerer, als ich gedacht hatte – und nicht bloß wegen des Übergepäcks, das ich in meinen Koffern und um meine Hüfte mitschleppte.

Ich hatte »das Land des allmählich aufgehenden Fußballs« schätzen gelernt. Es gefiel mir, dem Sport, mit dem ich persönlich groß geworden bin, einmal selbst beim Aufwachsen zuzusehen; da kochten meine Muttergefühle für das kleine Runde regelrecht über. Als sei ich eine Glucke, der es große Mühen bereitete, sich von ihrem Sprössling abzunabeln, plagte mich ein schlechtes Gewissen, den Soccer mitten in seiner Entwicklung verlassen zu müssen.

Tja, Rückwärtsbewegungen – ob zwischen den Strafräumen oder im echten Leben – sind wirklich kein Zuckerschlecken. Dabei haben sie meist die schönsten Glücksgefühle zur Folge. Ich mein, gibt es was Befriedigenderes, als in der Nachspielzeit all seine übrig gebliebenen Reserven zu einem letzten Sprint in die eigene Hälfte zu bündeln, sich in unmittelbarer Nähe der Ballführerin so konkav wie die Klingen eines Nagelclips zu krümmen und ihr dann mit einer einzigen, fließenden Bewegung die Pille in letzter Sekunde vom Fuß zu knipsen? Ich glaube nicht.

Ein ähnliches Wohlbehagen, wie es ein solch erfolgreiches »Zurückarbeiten« in mir auslöste, verspürte ich letztendlich auch bei meiner Rückkehr nach Deutschland. So schwer sich der Abschied von meiner amerikanischen Familie, meinen Freunden und vom lieb gewonnenen Soccer gestaltet hatte, ich war froh, wieder daheim in Wolfsburg zu sein – auch wenn meiner Heimatstadt bekanntlich ein ziemlich mieser Ruf vorauseilt.

Mag ja sein, dass unsere Fußgängerzone den Charme eines Stundenhotels versprüht, in der die Devise gilt: schnell rein, ohne große Umschweife alles Nötige erledigen und schleunigst wieder raus. Mag auch sein, dass Wolfsburg bei genauerem Hinsehen Parallelen zu einem Plastikweihnachtsbaum offenbart. So schmücken nach dem Motto »mehr Schein als Sein« zahlreiche, mit Metalliclack behandelte, makellose Leasingfahrzeuge, die Werksangehörige – sei es als alteingesessener Bandarbeiter, als Aufsichtsratsmitglied oder als Azubi – zu besonders günstigen Konditionen erhalten, wie glitzernde Lamettafäden die verästelten Straßen.

Die geliehenen Neuwagen, die sich normalerweise kaum einer ihrer Fahrer leisten könnte, produzieren dabei einen hellen Schein, der das proletarische Sein der Stadt zu überdecken versucht und eine Aura des Elitären erzeugt. Zwischen den dunklen Autoabgasen und dem Smog, den das Automobilwerk jeden Tag aushüstelt, erinnert diese schmale Schicht tadellosen Glanzes an den weißen Zuckerschaumbelag einer Milchschnitte, der sich in zwei kakaobraunen Keksplättchen bettet und dem Ganzen letztlich doch eine appetitliche Süße verleiht.

Und ja, es mag sogar stimmen, dass Wolfsburger Diskotheken wie Dixi-Klos behandelt werden sollten; also bitte nur in absoluten Notfällen, im »vollen Zustand« besuchen und keinen langen Aufenthalt einplanen!

Positiv ausgedrückt, Wolfsburg ist eine Stadt, in der sich eine Fußballerin voll und ganz auf ihren Sport konzentrieren kann, weil sie nichts – sei es kultureller oder ästhetischer Natur – vom Training ablenkt. Das Prädikat »Sportstadt«, das sich Wolfsburg allzu gern selbst um den Hals hängt, ist also gar nicht mal vermessen. Ich schätze, auf keinem anderen Fleckchen Erde in Deutschland kann sich ein sportliches Talent besser entfalten.

Doch nicht nur aufgrund der popeligen Alternativen spielt die eigene Körperertüchtigung in meiner Heimat generell eine große Rolle. In einer Stadt, die weniger zum Radfahren, sondern vorwiegend zum Autofahren konzipiert worden ist, in der eine Vielzahl von Bandarbeitern Tag für Tag auf der Arbeit stets die gleichen Bewegungen ausführt, wirkt der Vereinssport wie eine Art Gegengewicht oder, besser gesagt, wie ein Schmiermittel, das sie nicht einrosten lässt.

Sportliche Betätigung hilft einem in Wolfsburg, der unübersehbaren Monotonie des Alltags, die vor allem auf den Fahrwegen sichtbar wird, auf denen sich die Buchstaben V und W wie ein Binärcode von einer Ampel zur nächsten aneinanderreihen, für eine Weile zu entfliehen.

Nicht selten kommt es vor, dass Wolfsburger Jugendliche in diesem Sumpf der Eintönigkeit stecken bleiben, im Lauf der Jahre immer weiter hineinsinken und bis an ihr Lebensende mit der Stadt eine monogame Beziehung führen. Ich hingegen klammerte mich stets an den Fußball, der mich wie eine Rettungsboje in der »Zwei-Buchstaben-Suppe Wolfsburger Art« an der Oberfläche hielt, und linste so nach meiner Rückwärtsbewegung aus den USA immer mal wieder bei den regelmäßigen Auswärtsfahrten über den Tellerrand hinaus.

29 Konservierte Kondition

Meine Rückkehr nach Deutschland besaß einen ganz besonders süßen Beigeschmack: In meinen letzten Wochen in den USA hatte ich meinen ersten Vertrag unterschrieben, der mich für die folgenden zwei Jahre an die Bundesliga-Mannschaft des VfL Wolfsburg band. Somit gehörte ich von nun an offiziell zum Kader der 1. Damen und sollte die raue Luft, die im Fußballoberhaus wehte, direkt nach meiner Heimkehr gleich in der Sommervorbereitung zu spüren bekommen.

Auch wenn sich seit dem USA-Aufenthalt meine Einstellung gegenüber schweißtreibenden Dauerläufen durchaus einen Tuck zum Positiven verändert hatte, verspürte ich bei dem Gedanken an die nächsten Wochen nicht gerade Glücksgefühle. Klar, auf eine gewisse Weise freute ich mich sogar darauf, meinen Körper in Form zu bringen, ihm alles abzuverlangen und an meine Grenzen zu gehen. Andererseits rief genau jene Vorstellung ein unangenehmes Zwicken in meiner Magengegend hervor, als würde mir jemand meine feinen Haare rund um den Bauchnabel weg epilieren.

Aber es half ja alles nichts. Eine solide Grundlagenausdauer bildet nun einmal die Basis für einen erfolgreichen Saisonverlauf. Diese Basis erfüllt einen ähnlichen Zweck wie eine Vorratskammer. In der Vorbereitung gilt es, diese mit konservierter Kondition – also einer Leistungsfähigkeit, die sich bestenfalls bis in die Wintermonate hält – aufzufüllen. Wer es jetzt versäumt, Vorkehrungen für die bevorstehende Spielzeit zu treffen, verfault die nächsten Monate vermutlich stinkig auf der Ersatzbank.

Die Trainingslehre kennt eine Fülle an Konservierungsverfahren, die die Ausdauer einer Fußballerin extra lange haltbar machen. Um die sogenannte förderliche Wettkampfhärte zu erlangen, empfiehlt sich besonders das Intervalltraining, dessen Ablauf der Herstellung von H-Milch verblüffend ähnelt. So werden die Spielerinnen in kurzer Zeit zuerst ultrahocherhitzt und anschließend sofort wieder heruntergekühlt; und das mehrere Male hintereinander. Intensive Dauerläufe hingegen gleichen eher dem Pasteurisieren von Lebensmitteln, sind also die etwas schonendere Variante. Dabei werden die Kickerinnen nicht ganz so hoch temperiert, aber dafür etwas länger der Hitze ausgesetzt.

Beide Methoden erweisen sich als äußerst effektiv, was das Abtöten von inneren Schweinehunden betrifft, und wirken sich während neunzigminütiger Fußballspiele besonders positiv auf die lang anhaltende Frische einer Spielerin aus.

Mein neuer Trainer, den wir alle bloß bei seinen Initialen – BH – nannten, entpuppte sich vom ersten Tag an als ein großer Verfechter des Trainings ohne Ball und passionierter Ausdauer-Konservator. Wenn man so will, war er die Amerikanisierung des deutschen Frauenfußballs in persona, die es sich zum Ziel gesetzt hatte, unschuldige Ballspielplätze in leistungsorientierte Fitnessstudios umzufunktionieren.

Auch wenn wir ihn als BH titulierten, hatte unser Trainer nicht viel mit einem Büstenhalter gemeinsam. So erwies er sich weder als eine Stütze, wenn es mal nicht so gut lief, noch brachte er es fertig, unserem Spiel dauerhaft eine ansehnliche Form zu verleihen. BH erinnerte mich vom Wesen und Aussehen her vielmehr an einen Glückskeks. Nicht dass ich ihm tatsächlich einmal über den Kopf gestreichelt hätte. Aber seine kurz geschorenen Haare bescherten ihm bestimmt eine ähnlich glatte Haptik, wie sie das ockerfarbige, mit Eigelb bepinselte Süßgebäck auszeichnet.

Und außerdem spuckte er, sobald er den Mund am Seitenrand aufmachte, wie der krümelige Teigling eine Lebensweisheit nach der anderen aus, die einen meist mehr verunsicherte als motivierte. Allein sein Humor, der genauso trocken daherkam wie das knusprige China-Town-Gebäck, verlieh ihm einen Schuss Charme, der ihn immerhin halbwegs genießbar machte.

Die Vorbereitung auf meine erste Bundesliga-Saison war an und für sich nichts anderes als eine Wechseldusche: Sie kostete Überwindung, tat anfangs höllisch weh, aber mit jeder zusätzlichen Einheit gewöhnte ich mich immer mehr an die Strapazen. Ein Steigerungslauf besaß somit einen ähnlichen Abhärtungseffekt auf mein Herz wie ein kalter Guss auf die Gefäße.

Meine Lunge, auf der seit Beginn der intensiven Trainingsphase ein chronischer Druck lastete, passte sich den Umständen ebenfalls langsam an. Als hätte sich um sie herum eine Hornhaut gebildet, wie sie an meinen Käsemauken bei anhaltender Belastung vorkommt, klangen am Ende der Vorbereitung meine Beschwerden, sei es Luftnot oder Konzentrationsverlust, trotz gleichbleibender Beanspruchung stetig ab.

Allerdings dauerte es eine Weile, bis mein Atemapparat sich ein solch wohltuendes dickes Fell zugelegt hatte. So überkam mich in den ersten Trainingstagen zusehends das Gefühl, als reize das hastige Ein- und Ausatmen meine Lunge wie eine scheuernde Socke meinen Hacken. Das Brennen in meinem Brustkorb glich dem einer frisch gelaufenen Blase, und dementsprechend bewegte ich mich hinkend und prustend vorwärts. Doch spätestens nach dem einwöchigen Trainingslager ebbte selbst dieses Symptom allmählich wieder ab – der Hornhaut um meine Atemwege sei Dank.

Es war das erste Mal, dass ich in den Genuss eines Vorbereitungscamps kam. Wir verbrachten sieben Tage in einem idyllischen Städtchen in Sachsen-Anhalt, das am Fuße des Harzes lag und Wolfsburg an fehlenden Ablenkungsmöglichkeiten in nichts nachstand. Auch hier konnte sich eine Sportlerin also voll und ganz ihrer Leibesertüchtigung widmen, ohne das Gefühl zu verspüren, ihre Zeit mit etwas Angenehmerem verbringen zu können.

Allein das an unser Hotel angrenzende Erlebnisbad hätte uns den einen oder anderen Abend fast zum Ausgehen verführt; als wir allerdings feststellen mussten, dass im Whirlpool des Außenbereichs die Fußpilzsporen Pogo tanzten, entschieden sich unsere müden Glieder lieber gegen einen Ausflug ins muskelentspannende Schwimmbecken.

Unser Tagesablauf im Trainingslager sah wie folgt aus: 6 Uhr Waldlauf, 8 Uhr Frühstück, 10 Uhr erste Trainingseinheit, 13 Uhr Mittagessen, 14 bis 15 Uhr Mittagsschlaf, 16 Uhr zweite Trainingseinheit, 18.30 Uhr Abendbrot, 23 Uhr Bettruhe. Wir verbrachten unseren Tag dementsprechend mit drei Dingen: Essen, Schwitzen, Schlafen. Klingt doch wie die Aktivitätspalette eines Badeurlaubers auf Mallorca, oder?!?

30 Liebesspiele

Ich brachte meine erste Bundesliga-Vorbereitung weitgehend unfallfrei über die Bühne. Der Trainingsumfang normalisierte sich im Laufe der nächsten Wochen wieder. Gleichzeitig häuften sich die Einheiten mit Ball, und mein Herz hatte somit nicht mehr allein die Kraft, sondern auch endlich wieder einen Grund, Purzelbäume zu schlagen.

Mit gerade einmal siebzehn Jahren gehörte ich zu den Küken im Team und ordnete mich dementsprechend erst einmal unter. Das heißt nicht, dass ich als junges Gemüse den etwas gediegeneren Damen in unserem Kader nun ständig die Schuhe putzen musste oder einzig auf der Position des Wasserträgers eine Stammplatzgarantie besaß. Bei uns Frauen herrschte keine so strikte Hackordnung, wie es damals noch bei den Männern üblich war.

Den alteingesessenen Haudegen reichte es völlig aus, wenn ein Frischling ihnen mit Respekt begegnete und man ihnen beim Tore-Schleppen kräftig unter die Arme griff, damit ihre splissigen Bandscheiben nicht schon vor dem Training schlapp machten. Im Gegenzug nahmen die Erfahrenen uns Jungspunde bei unseren ersten wackeligen Gehversuchen in der Bundesliga an die Hand. Und nein, das »an die Hand nehmen« ist nicht wortwörtlich gemeint, auch wenn manch einer das bei Fußballerinnen klischeebedingt erwarten würde.

Klar, gleichgeschlechtliche Zuneigung gehört zum Frauenfußball genauso dazu wie der Münzwurf bei der Seitenwahl. Wer etwas anderes behauptet, hat wahrscheinlich zu viele Mafiafilme geguckt und das Schweigeprinzip der Omertà verinnerlicht. Doch mit der Homosexualität im Frauenfußball verhält es sich so wie mit dem Nasenbohren: Obwohl jeder weiß, dass es gang und gäbe ist, findet die tatsächliche »Ausführung« selten in der Öffentlichkeit statt.

Tut mir also leid, Jungs, wenn ich jetzt einen eurer feuchten Träume zerstöre. Aber an dem Mythos, bei Fußballerinnen gehe es unter der Dusche angeblich zu wie am Grabbeltisch bei C&A, ist leider nichts dran. Ich mein, ich kann nicht ausschließen, dass es der einen oder anderen bei den ganzen Nackideis ab und zu gehörig in den Fingern juckte; aber außer dem Dreckspatz namens Ball erhielt unter dem lauwarmen Wasser sonst niemand eine Abreibung – zumindest bekam ich es nie mit.

Ganz ehrlich? Mich interessierte die sexuelle Orientierung meiner Mitspielerinnen nie die Bohne. Warum auch? Homosexualität ist schließlich kein Muskelfaserriss, der die Leistungsfähigkeit einer Fußballerin einschränkt. Und außerdem war es ja nicht so, dass mich die Lesben wie eifernde Sektenprediger versuchten zu bekehren.

Wenn ich so recht darüber nachdenke, macht es mich im Nachhinein sogar eher ein wenig stutzig, dass mir nie eine Offerte gemacht wurde. Ich mein, ich hatte meine Vorliebe für Männer schließlich nie sonderlich raushängen lassen. Ob Lesben vielleicht so eine Art geheimes Erkennungsmerkmal haben, von dem ich noch nichts weiß? Eines, das allerdings nicht so schnell ins Auge fällt wie das des Geheimbunds »passionierter Sonnenbank-Anbeter«, deren Mitglieder allesamt mit einem weißen Fleck am Hintern umherstolzieren?

Vermutlich bekommen weibliche Homosexuelle nach ihrem Coming-out so eine Art Detektor als Willkommenspräsent eingepflanzt, der ihnen jedes Mal, wenn sie sich einer Gleichgesinnten nähern, einen leichten Stich ins Herz versetzt. Und da bei mir der transplantierte Spürhund nie angebissen hat, wurde ich dementsprechend von vornherein gleich links liegen gelassen. So einfach ist die Kiste.

Um diese Vermutung zu untermauern, sollte ich diesem Mysterium bei meinem nächsten Umkleide-Aufenthalt vielleicht trotzdem noch einmal explizit auf den Grund gehen. Wer weiß, ob ich nicht tatsächlich bei der einen oder anderen eine L-förmige Narbe hinter der Ohrmuschel entdecke?

Mal ehrlich, so recht erklären kann ich mir das auch nicht, warum es bei mir in Bezug auf das weibliche Geschlecht nie »klick« gemacht hat. Ich weiß nicht, ob das wirklich zählt, aber die einzigen halbwegs homoerotischen Gedanken, die ich in meinem Leben bisher verspürt habe, lösten die breiten, gebärfreudigen Oberschenkel von Frankreichs Abwehrtier Bixente Lizarazu aus. Diese voluminösen Dinger, wie sie sonst nur eine Birgit Prinz ihr Eigen nennen darf, raubten mir damals wirklich den Atem.

In Deutschland besteht ja immer noch der Irrglaube, Fußball habe auf eine Frau eine ähnlich »toxische« Wirkung wie Methylquecksilber auf männliche, weiße Ibisvögel. Denn wie Wissenschaftler herausgefunden haben wollen, soll das Umweltgift in hoher Konzentration den Hormonhaushalt des Federviehs so durcheinanderbringen, dass dieses schwul wird.

Allerdings bin ich wohl der lebende Beweis dafür, dass

vermehrter Ballkontakt bei Frauen nicht zwangsläufig homosexuelle Neigungen hervorruft. Keine Frage, Fußball löst definitiv vielerlei Gefühle in einem aus, aber eine aphrodisierende Wirkung, sei es in gleich- oder gegengeschlechtlicher Beziehung, habe ich persönlich nie feststellen können.

31 Betreten auf eigene Gefahr

Das Publikum eines Frauen-Bundesliga-Spiels unterscheidet sich enorm von dem einer Männerpartie. Schlachtgesänge? Choreografien? Bengalos? Schwarze Mobs? I wo! Die Zuschauerschaft eines Frauenmatches ist viel ohrenbetäubender und Angst einflößender.

Mir stehen jetzt noch die Haare zu Berge, wenn ich an die unzähligen Gratisratschen bei unserer Saisonpremiere denke, deren krisselndes Geräusch mich an einen massakrierenden Hochspannungs-Mückenvernichter erinnerte. Glaubt mir, dagegen sind Vuvuzela-Tröten Pipifax. Dieses elektrisierende Rauschen in Verbindung mit dem Geruch verbrannter Würstchen projizierte automatisch das scheußliche Bild verkohlter Insekten in meinen Kopf. Ihr könnt euch sicherlich vorstellen, dass solche Gedanken beim Warmlaufen nicht gerade die Konzentration förderten.

Ein weiteres Fanutensil, das mir beim Aufwärmen einen Kloß im Hals bescherte, war der beim Frauenfußball durch den hohen Anteil an Rentnern weit verbreitete Spazierstock, der meines Erachtens unübersehbare Parallelen zu einem schlagstocktauglichen Baseballschläger aufwies und als solcher durchaus hätte Verwendung finden können. Selbst heute ist es mir unbegreiflich, wie ein gefühltes Drittel der Zuschauer im fortgeschrittenen Alter es fertig bringen konnte, diese Waffe durch die Einlasskontrollen zu schleusen, so, als handelte es sich um harmlose Flöten.

Doch damit nicht genug: Vom Spielfeld aus betrachtet wirkten die vielen grauen Haarbüschel der älteren Herrschaften auf den Rängen wie kultivierte Schimmelsporen, die sich durch eine Sitzreihe nach der anderen fraßen und nur dank der Tartanbahn nicht zusätzlich noch das Spielfeld in ihre Gewalt nahmen.

Mindestens genauso beängstigend erwies sich die große Zahnspangendichte, von der so allerhand Gestelle den Charme einer Hannibal-Lecter-Maske versprühten. Neben den zahlreichen bewaffneten Senioren, die entweder ihrer Enkelin beim Kicken zuschauten oder sich womöglich einfach verlaufen hatten, fanden sich nämlich auch haufenweise pubertierende Schaulustige zu unseren Heimspielen ein. Nicht unbedingt aus Interesse, sondern weil sie der Eintritt nichts kostete – und was umsonst ist, nimmt man bekanntlich gern mit. Sei es Frauengekicke oder staubtrockene Kostproben an der Bäckertheke.

Um nämlich die trostlose Kulisse im 20.000 Zuschauer fassenden Stadion ein wenig aufzupeppen, initiierte der Verein regelmäßig Ticketaktionen, die den Schulen aus der Region kostenlose Einlasskarten für die gesamte Schülerschaft bescherten. Klassenfahrten gingen folglich nicht mehr bloß in den Zoo oder ins Naturkundemuseum, sondern auch zum Frauenfußball – Erlebnispädagogik at its best.

Ob Pubertierende samt metallischem Beißschutz oder Rentner, die am Stock gehen: Wer jetzt noch behauptet, ein Frauenfußballspiel sei ein Event für die ganze Familie – wie es ja allzu gern propagiert wird –, der verschließt meiner Meinung nach die Augen vor der Realität. Ich mein, wenn die FSK von dieser hochexplosiven Zuschauermischung Wind bekäme und neben Filmen sich Sportveranstaltungen vorknöpfte, dann stünde »das weibliche Geballer« bestimmt schon längst auf dem Index.

Na ja, es gab zwar keine Ausschreitungen oder dergleichen. Doch wenn aufgrund einer Vielzahl an weiblichen Zuschauern die Schlange vor der Damentoilette sich bis zur Würstchenbude zieht, dann empfinde ich das Wort »Notstand« durchaus als angemessen. Oder anders ausgedrückt: Wer Druck ablassen wollte, war beim Frauenfußball nicht gerade an der richtigen Adresse.

Junge Kerle, wie sie in den Fankurven der Bundesliga-Partien der Männer zuhauf vertreten sind, entdeckte ich während meiner Stadioninspektionen vom Spielfeld aus äußerst selten. Die wenigen, die ich beim Warm-up erhaschen konnte, schienen entweder von ihrer Freundin mitgeschleppt worden zu sein, als handelte es sich um eine Shopping-Tour (und dementsprechend gelangweilt sahen sie drein), oder sie erinnerten mich an genau diese Jungs, denen Mami damals in der Umkleidekabine der E-Jugend den Schlüppi hochzogen hatte. Sie erwiesen sich also nicht gerade als anziehend.

Frauenfußball besaß nicht nur ein anderes Publikum, sondern auch einen anderen Geruch. Vielleicht spielten mir ja meine Flimmerhärchen in der Nase einen Streich. Aber irgendwie roch die Luft während unserer Heimspiele immer wie eine umgekippte Suppe. Ein Erklärungsansatz dieses Phänomens: Durch unsere verschwitzten Körper und hitzigen Duelle auf dem Rasen entstand oftmals eine ähnliche feuchtwarme Atmosphäre im Rund wie bei einem Gewitter.

Anscheinend reagierte das weitgehend weibliche und alternde Fan-Allerlei in unserem Stadion auf solch aufgeheizte Verhältnisse genauso wie die Zutaten in einem Eintopf und wurde dementsprechend sauer. Gut möglich, dass wir diesen Gärungsprozess oftmals durch unsere hohe Fehlpassquote zusätzlich verstärkten. So hatten wir uns also im wahrsten Sinne des Wortes die Suppe selbst eingebrockt.

Dank dieser fundierten Zuschauer- und Spielortanalyse wird es nun niemanden verwundern, dass unsere Spiele meist nicht mehr Anziehungskraft besaßen als ein mit Flöhen geplagter Kinderhort. Allen, die sich trotz der benannten Risikofaktoren in die Höhle des Löwen wagen wollen, gebe ich zum Abschluss gern noch zwei Tipps mit auf den Weg:

1. Vorsicht ist die Mutter des Hexenkessels: halte mindestens einen Meter fünfzig Sicherheitsabstand zu älteren Spazierstock- bzw. halbwüchsigen Spangenträgern.

2. Mach einen großen Bogen um die Schlange vor der Frauentoilette. Wer weiß, wann der Schlauch platzt.

32 Der Catenaccio in mir

Ich gebe ganz offen zu: Ich sah die Welt in Schwarz und Weiß. Die Farben des deutschen Nationalmannschaftstrikots hatten sich im Laufe der Jahre regelrecht in meine Hornhaut eingebrannt, so groß war der Wunsch, eines Tages den gestickten Adler zu sehen, wie er sich an meine Brust schmiegte.

Meine Chancen, tatsächlich einmal für die deutsche Elf aufzulaufen, standen gar nicht so schlecht. Mit schlanken siebzehn Jahren gehörte ich schließlich bereits einer Bundesliga-Mannschaft an und spielte zudem regelmäßig für den Niedersächsischen Fußballverband. Ich durchlief alle Altersstufen beim NFV und verbrachte unzählige Wochenenden auf Trainingslehrgängen in der Landessportschule Barsinghausen, wo mein Talent durch eine Extraportion Taktik- und Technikschulung veredelt werden sollte.

Einmal im Jahr fand in Duisburg der Länderpokal statt, an dem sämtliche Fußballverbände der Bundesrepublik teilnahmen. Der DFB war natürlich vor Ort, um potenzielle Junioren-Nationalspielerinnen ausfindig zu machen. Das Turnier erstreckte sich über fünf Tage à fünf Spiele.

In jeder Partie rissen sich die Teilnehmerinnen buchstäblich ein Bein aus, um bei den DFB-Scouts Eindruck zu hinterlassen. Auf jeden Fall kam es mir manchmal wirklich so vor, als hätte mir meine Gegenspielerin aus mehreren Metern Entfernung eine ihrer Stelzen wie einen Stock zwischen die Waden geworfen. Anders konnte ich mir nicht erklären, wo plötzlich immer diese Stolperfallen herkamen.

Wer meint, Frauenfußball sei kein körperbetontes Spiel, der täuscht sich gewaltig. Kickerinnen sind in puncto Foulspiel wie Epilierer: Sie kommen zuerst unscheinbar daher, um dich dann auf eine ganz besonders rabiate Art und Weise an der Wurzel zu packen. Das Zweikampfverhalten einer Frau ist meist um Längen hinterhältiger als das eines Mannes. So kam ich mir im Eifer des Gefechts oftmals vor wie ein fleischgewordener Kratzbaum, an dem sich meine Gegenspielerinnen abreagierten und buchstäblich die Krallen wetzten.

Besonders beim Länderpokal, bei dem jede Spielerin um eine Einladung vom DFB kämpfte, erwiesen sich meine Gegnerinnen als äußerst unangenehm. So avancierte oftmals ein engmaschiger Defensivverbund zum menschlichen Äquivalent eines grobfaserigen Wollpullovers, der auf meiner Haut Rötungen hervorrief und unheimlich piekte.

Körpereinsatz war also gefragt – leider nicht gerade eine meiner Paradedisziplinen. Obwohl ich mit meinem recht ausladenden Hintern und stattlicher Oberweite »breiter aufgestellt« war als so mancher Mannschaftskader unter Felix Magath, ließ mein Zweikampfverhalten vor den Augen der DFB-Trainer leider häufig zu wünschen übrig. Die wenigen Momente, in denen meine Aktionen unberechenbarer waren als das Ende eines gelungenen Krimis, halfen mir da auch nicht weiter.

Wie ein Schriftsteller den Leser versuchte ich meine Gegenspielerinnen auf die falsche Fährte zu führen – allerdings weniger mit verworrenen Handlungssträngen, sondern mittels dynamischer Körpertäuschungen. Leider tauchte der

»red Herring« in mir zu selten auf, um tatsächlich nachhaltigen Eindruck zu hinterlassen, sodass mir der Eintritt in die schwarz-weiße Welt letztlich immer verwehrt blieb.

In der Bundesliga fiel es mir genauso schwer, Fuß zu fassen, sei es, weil mich ständig Verletzungen zurückwarfen, mein Trainer mir zu selten das Vertrauen schenkte oder ich schlichtweg nicht die Leistung abrief, die man von mir erwarten durfte. Ob ich vielleicht einfach zu früh ins kalte Wasser geworfen worden war? Womöglich verhält es sich mit hochgejubelten Talenten nicht anders als mit frisch gebackenen Käsekuchen, die buchstäblich in sich zusammenfallen, wenn sie zu schnell abkühlen.

Ich hätte nie gedacht, dass es einmal dazu kommen würde. Doch je länger sich dieser Negativlauf fortsetzte, desto mehr verlor ich die Freude am Spiel. Das Training war plötzlich zu einer solch nervigen Pflichtveranstaltung verkommen wie Tanzschule oder Nachhilfe. Fast kam es mir so vor, als hätte mir jemand klammheimlich ein Magenband eingesetzt, das meinen Appetit auf Fußball zügelte.

Wenige Ballkontakte reichten aus, und ich fühlte mich pappsatt – für jemanden wie mich, die vorher nie genug von der runden Praline bekommen konnte, eine äußerst beängstigende Entwicklung.

Der Ball und ich führten die nächsten Monate eine Scheinehe, die keinerlei Hingabe mehr besaß. Wir hatten uns wie ein Paar, das in getrennten Betten schläft, weit voneinander entfernt. Ich erkannte mich selbst nicht mehr wieder. Wo war sie geblieben, die Leidenschaft, die ich dem Leder – ganz gleich, ob Sieg oder Niederlage – stets entgegengebracht hatte? Dass diese Antriebslosigkeit das erste Symptom einer ernsthaften Autoimmunerkrankung darstellte, ist mir damals nicht in den Sinn gekommen.

In der folgenden Sommerpause brach sie dann aus. Von einem Tag auf den anderen avancierte ich von einer Mannschaftsspielerin zur Einzelkämpferin. Mein größter Gegner war ich selbst. Mein Immunsystem tanzte aus der Reihe und griff aus unerklärlichen Gründen plötzlich körpereigenes Bindegewebe an, ausgerechnet die Substanz, die einen Menschen zu einer Einheit formt.

Meine eigene Abwehr hatte sich also gegen mich verschworen. Mein Immunsystem verkam zu einem biologischen Catenaccio, der nur noch auf Zerstören aus war, egal, ob gesunde Zellen oder tatsächlich zu bekämpfende Fremdkörper sich ihm in den Weg stellten. Neben den Gelenk-, Gefäß- sowie Muskulatur-Entzündungen im gesamten Körper verloren zudem meine Speiseröhre und Lunge an Elastizität, was sie zugleich in ihrer Funktion beeinträchtigte.

Als wäre das nicht schon genug, mutieren seit Ausbruch der Mischkollagenose obendrein meine Finger und Füße bei der geringsten Kälteeinwirkung ständig zu Anhängern der französischen Équipe Tricolore. So verfärben sie sich aufgrund eines gestörten Blutflusses zuerst kreideweiß, wenige Minuten später dunkelblau, wie das Trikot von »les bleus«, und sobald Wärme die krampfhaften Gefäßverengungen wieder abklingen lässt, schießt das Blut in einem solchen Übermaß zurück in meine Extremitäten, wie es sonst nur meinem puterroten Gesicht bei sportlicher Betätigung widerfährt. Meine Gliedmaßen verkamen demnach zu einer animierten Projektion der französischen Nationalflagge – mon dieu.

Es war vor allem dieses schmerzhafte Absterben meiner Füße, das mich dazu zwang, mit dem leistungsorientierten Ledertreten aufzuhören. Wenn deine Zehen beschließen, ständig »blau zu machen«, bleibt dir wohl keine andere Wahl. Die Krankheit hatte mir buchstäblich mein Ballgefühl genommen: Für eine Fußballerin gibt es wohl kaum einen größeren Verlust.

33 Auf Pummel Ronaldos Spuren

Die Diagnose legte mich wie Blitzeis von einer Sekunde auf die andere um. Zuerst versuchte ich mit aller Kraft gegenzusteuern, gab nicht auf, spielte unter Schmerzen, wollte es nicht wahrhaben.

Ein typisches Verhalten einer Athletin, deren Trainer ihr all die Jahre eingebläut hatten, nie aufzustecken, keine Schwächen zu zeigen und auf die Zähne zu beißen. Es fiel mir schwer, diesem kämpferischen Trieb zu entwischen. Ich agierte aus einem Reflex heraus, ganz ähnlich einem Auge, dessen Lider unwillkürlich blinzeln, um es abzuschirmen. Mein Benehmen kam einem Schutzmechanismus gleich, den sich viele Leistungssportler instinktiv aneignen.

All jene, die sich schon einmal Kontaktlinsen in die Augäpfel pressen mussten, wissen, wie schwierig es ist, einen solchen Reflex loszuwerden – oder besser gesagt, ihn zu dressieren. Es braucht Geduld und Übung, bis die Iris aufhört, sich wie eine Zimperliese zu benehmen, und keine Tränen mehr vergießt, sobald sich die Sehhilfe an sie anzusaugen versucht. Wie lange es dauert, bis man wieder alles klar vor Augen sieht? So Pi mal Daumen auf jeden Fall mindestens so lange, bis Lothar Matthäus' das nächste junge Küken vom Schlappen gerutscht ist.

Ehrgeiz, der diesen Sportlerreflex schürt und sich über die Jahre in dir angesammelt hat, lässt sich nun nicht mit einem simplen Abführmittel aus dem Körper schwemmen. Er krallt sich an all deine Organe fest. Bis sich sein Griff löst, können Weltmeisterschaften vergehen. Manchmal habe ich das Gefühl, ich warte immer noch darauf.

Die ersten Wochen ganz ohne Fußball waren gar nicht so schlimm. Es fühlte sich eher an wie Urlaub, als ein Lebewohl. Ich begann in Berlin zu studieren, erweiterte meinen Horizont über die Eckfahnen hinaus und nahm dabei gar nicht wahr, dass mir insgeheim etwas fehlte. Kein Phantomschmerz, selbst wenn ich daheim vor dem Fernseher dem Leder beutegierig hinterher linste.

Vermutlich nahm mein vegetatives Nervensystem zu jenem Zeitpunkt an, ich hätte mir bloß wieder einmal einen Bänderriss zugezogen und würde spätestens in zwei Monaten zurück auf dem Rasen sein. Erst nach einem Vierteljahr begann mein Sympathikus aufzumucken und meinen Körper in Alarmbereitschaft zu versetzen.

Wann immer ich jemanden gegen einen Ball treten sah, weiteten sich plötzlich meine Pupillen, und der feine Haarflaum rund um meine Ohren stellte sich wie eine salutierende Armee auf. Es war nicht mehr zu übersehen: Der Fußball fehlte mir und tut es auch heute noch.

Ich versuchte mich daraufhin mehrere Male als reaktivierte Fußballrentnerin, wandelte sozusagen auf Pummel Ronaldos Spuren. Dass ich mir dabei bloß ins eigene Fleisch schnitt, indem ich dem Ehrgeiz gestattete, sich immer tiefer in meine Eingeweide zu bohren, bemerkte ich erst nach dem dritten misslungenen Anlauf.

Es waren vor allem die hohen Ansprüche an mich selbst, die meine Comeback-Versuche vereitelten. Obwohl ich wusste, dass mein Körper nicht mitspielen würde, verlangte ich von mir die gleichen Höchstleistungen, zu denen ich vor

Ausbruch meiner Krankheit imstande gewesen war.

Ich hatte es schlichtweg verlernt, Fußball als ein Hobby zu betrachten. Sobald ich auf dem Platz stand, forderte ich von mir Außergewöhnliches; das konnte ich nicht abstellen.

Obwohl ich beim Training meist nur noch die Hacken meiner Mitspielerinnen zu sehen bekam, jede dynamische Körperdrehung schmerzte und meine Muskulatur nach nur wenigen Sprints den Laden dichtmachte, quälte ich mich durch drei weitere Saisonvorbereitungen, um jedes Jahr spätestens im Herbst festzustellen, dass es doch keinen Sinn machte. Keine Frage, das Ganze grenzte an autoaggressives Verhalten.

Nach dem dritten verkorksten Anlauf stellte ich mir dann endlich die alles entscheidende Frage: ganz oder gar nicht? Erst danach merkte ich, dass ich mir mit diesen Worten keine Wahl mehr ließ. Heute weiß ich, dass ich mir dieses Diktat bereits zu einem viel früheren Zeitpunkt hätte auferlegen sollen.

In jedem steckt bekanntlich ein kleiner Weltverbesserer. In der Hoffnung, dass der Fußball in Zukunft ein bisschen mehr vor Comeback-Versuchen, inklusive wippenden Altherren-Wampen und Hängebrüsten gefeit ist, verrate ich nun allen Spielern den perfekten Augenblick abzudanken: Sicher, dein Trainer meint es nur gut mit dir. Aber glaub mir, sobald er für dich extra die tot geglaubte Libero-Position wieder aus dem verstaubten Trikotkoffer zaubert, solltest du dich schleunigst vom Acker machen.

Es mag dir vielleicht zunächst vorkommen wie ein Dankeschön an einen Altgedienten. In Wahrheit aber ist das bloß ein in Fußballlehrerkreisen probater Umweg, dir schonend beizubringen, dass du eigentlich zu nichts mehr zu gebrauchen bist – höchstens für ein paar präzise Flugbälle in den Lauf oder ein routiniertes Stellungsspiel.

Ich selbst verkümmerte als Libera im Epilog meiner Fußballer-Laufbahn zu einer Art mannschaftlicher Blinddarm; zu einem rudimentären Überbleibsel vergangener Zeiten, der seine ursprüngliche Funktion längst verloren hat und dessen heutiger Nutzen zumindest umstritten ist. Klar, ich stand immerhin auf dem Platz – viel mehr aber auch nicht. Das Spiel lief weitgehend an mir vorbei, ganz so wie im Verdauungstrakt sämtliche Essensreste einen weiten Bogen um das winzige Anhängsel des Wurmfortsatzes machen.

Also meine Lieben, denkt an meine Worte. Die Fußballwelt wird es euch danken.

34 Für immer

Das Varizella-Zoster-Virus ist ein tückischer Geselle. Meistens kommen wir als Kind das erste Mal mit dem Erreger in Kontakt und brüten daraufhin die Windpocken aus. Doch trotz einer erfolgreich verlaufenden medikamentösen Behandlung sterben die Viren nicht vollständig ab. Ein Teil von ihnen überlebt und zieht sich in die Irrwege unserer Nervenwurzeln zurück, wo der Virus es sich für die nächsten Jahre bequem macht.

Manchmal kommt es vor, dass die Biester plötzlich wieder aufwachen, in eine Art Midlife-Crisis verfallen und großen Tatendrang verspüren. Voller Euphorie schlendern sie dann entlang der Nervenbahnen zurück zur Haut, stecken ihre hochroten Köpfe durch die Porenfenster in die Freiheit, und taadaa: Eine Gürtelrose ist entsprungen. Der weitflächige, juckende Ausschlag, der mit dieser Erkrankung oft einhergeht, ist meist nur das geringste Übel.

Viel tiefschürfender sind die inneren Zerstörungen, die die Viren wie eine Horde Hooligans hinterlassen. So können Nervenschäden noch Jahre nach Abklingen der Infektion chronisch-stechende Schmerzen hervorrufen, die womöglich nie wieder verschwinden.

Warum dieser Exkurs in die Medizin? Na, weil es sich mit dem Fußball ganz ähnlich verhält: Die meisten von uns kommen bereits als Kleinkind mit der runden Kugel erstmals in Berührung. Das Leder nutzt die Gunst der Stunde, wandert über die Hautbarriere unbemerkt in unsere Nervenfasern und beeinflusst von dort aus ab sofort unser Empfinden. Selbst diejenigen, die nicht mehr aktiv sind, tragen den Fußball weiterhin in sich.

Auch ich, seit nunmehr sieben Jahren Fußball-Invalidin, spüre ihn selbst heute jeden Tag in mir herumgeistern. Wann immer ich ein Spiel verfolge, ganz gleich ob von der Seitenlinie oder von der Sofaecke aus, merke ich, wie das störrische Leder von innen gegen meine Haut klopft, als sei es ein inhaftierter Sträfling. Dabei verursacht es solch ein Kribbeln und Stechen, wie es sonst nur die Varizella-Viren schaffen.

Für mich sind diese Symptome ein Zeichen dafür, dass der Fußball weiterhin an mir festhält, auch wenn meine Füße ihn nicht mehr ständig streicheln. Ich bin sogar erleichtert, dass er auf den unfreiwilligen Liebesentzug nicht so eingeschnappt reagierte wie ein großspuriges Sportherz, das zuerst jahrelang in einem Ausdauerathleten wie ein Parasit heranwächst und, sobald sich sein »Wirt« aus dem Hochleistungssport verabschiedet, binnen kürzester Zeit beleidigt wieder auf Normalgröße zurückbildet.

Auch ohne Ball am Fuß werde ich also zumindest innerlich immer eine Fußballerin bleiben. Denn Fußball ist kein blauer Fleck, der langsam aus deinem Zehennagel herauswächst und auf einmal verschwunden ist. O nein, so einfach wirst du ihn nicht los. Er bleibt wie das Varizella-Zoster-Virus ein Leben lang in deinem Körper.